COLLECTION JACQUES DE SAINT PAUL

Titres parus et à paraître

1	LES ANNÉES VERTES	JEAN LECRIC
2	LORD BIONIC ENTRE EN SCÈNE	JO BARRACK
3	LA CORRECTION	ZÉNAÏDE CONSTANT
4	AFRIQUE À FRIC	ANDRÉ NAVLIS
5	UNE ORPHELINE RUSSE À PARIS	A. BOUTHON-MICHET
6	LORD BIONIC SORT DE L'OMBRE	JO BARRACK
7	LUNES DE MIEL	ANGÉLIQUE
8	LA TRINGLE (réimpression)	ANDRÉ NAVLIS
9	LORD BIONIC AU SERVICE DE LA REINE	JO BARRACK
10	LA MÔME ANGORA	ANDRÉ NAVLIS
11	LE VALET PIQUE LA DAME	MAÎTRE ALBERT
12	POUPÉE D'ÉCUME (réimpression)	PIERRE DARLE
13	LE CABRIOLET CHAIR (réimpression)	ANGÉLIQUE
14	LINDA LA RÉSIGNÉE (réimpression)	ANDRÉ NAVLIS
15	LORD BIONIC COUPE ET GAGNE	JO BARRACK
16	CROISIÈRE BLANCHE	ANDRÉ NAVLIS
17	L'ÉTRANGÈRE DU VILLAGE	H. SAINTONGE
18	LORD BIONIC VA À DAMES	JO BARRACK
19	LE SATELLITE DU SEX-TEMPS	F. DAUTAN
20	L'EFFRONTÉ	ANDRÉ NAVLIS
21	LA TERRE AUX MAINS CHAUDES (réimpression)	P. DARLE
22	LES JULIETTES, OU LE SEXAMERON (réimpression)	J. LECRIC
23	SEUL CHEZ LES AMAZONES (réimpression)	P. FRANCION
24	LES AMOURS BUISSONNIÈRES	ANDRÉ NAVLIS
25	PILARE, OU L'ENFER À PARIS	PAULE FRANCION
26	LA NUIT DES 19	MAÎTRE ALBERT
27	UN WEEK-END CHEZ SAGA (Tome 1)	J. DE SAINT PAUL
28	UN WEEK-END CHEZ SAGA (Tome 2)	J. DE SAINT PAUL

LES ARDEURS DE LUCIE

SÉRIE CÉCILE ET JEAN

Titres parus et à paraître

1 CÉCILE, JEAN ET LES AMOURS PROVENÇALES
2 CÉCILE ET JEAN INTERLUDES ANGLAIS
3 CÉCILE ET JEAN OU LA NUIT DU GORILLE
4 CÉCILE ET JEAN À CEYLAN
5 CÉCILE, JEAN ET L'INGÉNUE
6 CÉCILE, JEAN ET LE TROUBLANT MICHEL
7 CÉCILE ET JEAN EN TUNISIE
8 JEAN ET LES TROIS NUITS DE LA CHÂTELAINE (réimp.)
9 CÉCILE EN ITALIE (réimpression)
10 CÉCILE ET JEAN ET LE SORCIER DE DAKAR (réimpression)
11 CÉCILE, JEAN, CLAUDE ET MARIE-CHRISTINE (réimpression)
12 CÉCILE, JEAN OU LES INFORTUNES DE L'INFIDELITÉ (réimp.)
13 CÉCILE ET LE FANTÔME (réimpression)
14 CÉCILE ET JEAN À VENISE (réimpression)
15 CÉCILE, JEAN OU LA NUIT DES MASQUES
16 CÉCILE ET JEAN OU L'ÉTÉ CRAMOISI
17 CÉCILE ET JEAN OU L'EMPIRE DU REGARD
18 CÉCILE ET JEAN CHEZ LES TRUANDS (réimpression)
19 CÉCILE ET JEAN ET LES AMOURS ENFANTINES (réimpression)
20 JEAN ET NATACHA (réimpression)
21 CÉCILE ET JEAN, SAFARI EN ROSE (réimpression)
22 CÉCILE ET JEAN SOUVENIRS (réimpression)
23 CÉCILE ET JEAN OU LA FOLIE DE LA DAME EN NOIR
24 CÉCILE ET JEAN ET L'ARABIE HEUREUSE
25 CÉCILE, JEAN ET LES MUSICIENS
26 CÉCILE, JEAN ET LES DESSOUS DE L'HISTOIRE
27 CÉCILE, JEAN ET LE HUN
28 CÉCILE ET JEAN, L'AVENTURE MAROCAINE
29 CÉCILE ET JEAN OU L'AMOUR DANS LA TÊTE (réimpression)
30 CÉCILE ET JEAN OU L'AMOUR INTERDIT (réimpression)
31 CÉCILE ET JEAN OU L'AMOUR EN VACANCES (réimpression)
32 CÉCILE ET JEAN EN CROISIÈRE SUÉDOISE (réimpression)
33 CÉCILE ET JEAN EN WEEK-END SUR LA CÔTE (réimpression)
34 CÉCILE, JEAN ET LES FÊTES GALANTES
35 CÉCILE ET JEAN EN TOSCANE
36 CÉCILE ET JEAN OU L'AMOUR EN MARGE
37 CÉCILE ET JEAN ENTRE NEIGE ET SOLEIL
38 CÉCILE ET JEAN AUX ÎLES VIERGES

A paraître

39 CÉCILE ET JEAN EN CAMARGUE

PIERRE DARLE

LES ARDEURS DE LUCIE

L'INITIATION

COLLECTION JACQUES DE SAINT PAUL
MÉDIA 1000

DU MÊME AUTEUR :

LA TERRE AUX MAINS CHAUDES.
POUPÉE D'ÉCUME.

© P. DARLE ET LES ÉDITIONS MÉDIA 1000, 1981.
Tous droits de traduction, reproduction, adaptation, représentation réservés pour tous pays.

PREMIÈRE PARTIE

LE RAISIN VERT

CHAPITRE PREMIER

Lucie se tenait assise en tailleur sur le lit encore défait. Vêtue d'une ample chemise d'homme déboutonnée, elle s'examinait avec attention dans l'armoire à glace, s'efforçant de dénicher quelque malencontreux défaut dans son anatomie. Une moue dubitative étirant sa bouche aux lèvres charnues la rendait irrésistible. Ce qu'elle promettait, le corps le tiendrait : plantés haut sur le buste, les seins s'alourdissaient comme de belles mangues gonflées de suc; la taille inscrivait d'une courbe parfaite l'évasement des hanches; une toison brune, au poil luisant d'animal en santé, bouclait sur le pubis; les jambes allongeaient des fuseaux encore graciles mais, sous la peau bronzée, couleur pain d'épice, l'on percevait le frémissement de muscles souples et fermes.

On avait envie de la respirer, de la cueillir. Oncles et cousins s'en avisaient avec une fierté un peu trouble, prêts à transgresser les interdits du clan.

Quand elle déambulait par les rues de la ville, musardant à son gré devant les vitrines, son physique de mymphette aguichante provoquait des ravages. Sa façon de marcher en ondulant la croupe, d'affronter crânement les regards, de parler d'une voix volontiers sophistiquée, entrecoupée d'inflexions graves, presque rauques, attisait le sang des mâles, le fouettait. Plus d'un s'imaginait couvrant cette splendide proie, puisant à son ventre le flux d'une jouissance ardente.

Instinctivement, Lucie jouait de l'innocence et tantôt de la perversité avec un égal bonheur. Elle incarnait, revu et corrigé au goût du jour, le modèle de *L'ingénue libertine*, ce roman maintes fois dévoré. Revenant parmi nous, la grande Colette ne l'eût certes pas désavouée. Elle l'eût accueillie au nombre de ses héroïnes, avec *La vagabonde* et *Julie de Carneilhan*. Quoi de plus excitant que de percevoir chez une créature encore intacte toutes les potentialités de l'amour?

Lucie venait tout juste de boucler ses dix-huit ans. Elle commençait à songer aux choses sérieuses. Or, qu'est-ce qui peut être sérieux à cet âge-là sinon les choses de l'amour? Lucie pensait donc à l'amour. Non pas celui qui accélère le cœur sous l'impulsion du sentiment, mais celui qui sème du feu dans les veines, qui irradie par tout le corps et vous abandonne, pantelant et ravi, au terme d'un éblouissement charnel.

En dépit de son air déluré, Lucie conservait encore sa virginité. Une virginité d'autant plus pesante que son imagination, attisée par une sensualité déjà exigeante, s'emballait vers des sentiers interdits où le diable lui clignait de l'œil. Celui-ci, friand de déguisements, prenait au gré des circonstances le visage de tel inconnu croisé dans la journée, d'une vedette de l'écran ou, tout bonnement, d'une camarade de classe.

La science de l'amour de Lucie et de son amie Solange se limitait encore aux joutes saphiques pratiquées à la sauvette, dans la pénombre complice du dortoir. Ce qui nécessitait mille précautions pour tromper la vigilance des surveillantes, installées dans des cellules mitoyennes, et promptes à sévir à la moindre alerte. Le risque d'être surprises donnait du piment à des situations assez anodines.

Solange ne justifiait certes pas l'angélisme de son nom. Elle occupait le lit voisin, à droite de Lucie. Dès l'extinction des feux, elle tendait la main vers son amie, lui frôlait le poignet, le bras. Ces attouchements préludaient à des jeux plus osés attendus par chacune, gorge nouée, poitrine haletante, en écoutant battre son cœur.

Grâce à ces préliminaires, les deux amies patientaient jusqu'au moment où les conditions leur permettaient de se glisser enfin dans le même lit. En général, Solange, plus hardie, rejoignait Lucie. Alors, elles se blottissaient fiévreusement l'une contre l'autre, se serraient à s'étouffer. Leurs chaleurs se mêlaient, les enveloppant au sein d'une même douceur. Elles se cherchaient des lèvres, enlaçaient leurs petites langues nerveuses en un combat très tendre qui les transportait hors d'elles-mêmes, bien loin de ces bâtisses austères où languissait leur jeunesse.

Très vite, cela n'avait pas suffi. Elles s'étaient mises à explorer leurs corps, émerveillées de découvrir tant de sensations attachées au contact d'une peau étrangère, de reconnaître des zones d'une sensibilité extrême, et de constater qu'elles différaient quelquefois de l'une à l'autre. Par exemple, un baiser derrière l'oreille transportait Lucie tandis qu'il laissait Solange indifférente. En revanche, celle-ci aimait qu'on l'embrassât à la racine du cou. Elle redressait alors la tête et, les yeux chavirés, le nez pincé par le plaisir, elle émettait un long soupir plaintif.

Lucie admirait la plastique de sa compagne. Quand elle se comparait à elle, elle ne pouvait pas ne pas céder à un accès de sourde jalousie. Solange, mieux formée, présentait déjà l'aspect d'une vraie femme. Sans doute manifestait-elle pour cela de plus précoces ardeurs. A l'en croire, l'innocence n'avait jamais été son fort. Elle se conduisait comme une gourgandine depuis le berceau.

Quelquefois, en l'écoutant, Lucie doutait de son amie. Elle se demandait si elle n'exagérait pas et quelle part d'imagination entrait dans ces récits exaltés dont les représentations l'émouvaient au plus profond d'elle-même. Leur débauche verbale équilibrait la vie recluse de la pension. Quand Lucie protestait, Solange assurait en souriant qu'elle disait la vérité, qu'elle possédait seulement de la mémoire. Si courte qu'elle fût encore, son existence se trouvait déjà bien remplie. Elle tirait vanité d'une aïeule qui avait fait fortune dans le demi-monde sous le nom de guerre de

Dyane de Commercy, et s'employait à lui ressembler en tous points.

Là où d'autres se fussent déclarées indignées, Solange se sentait flattée. Demandait-on à ses camarades quelle profession elles entendaient exercer plus tard, elles répondaient sans originalité : avocate, secrétaire de direction, doctoresse, hôtesse de l'air. Elle, elle voulait être cocotte. Elle disait même : « grande cocotte ». Et, à Lucie, dans la connivence de l'amitié, sans trop se soucier de ce que recouvrait le vocable : « Moi, plus tard, quand je serai grande, je serai pute ».

– Comment ça? demandait Lucie.
– Je veux avoir toujours plein d'hommes autour de moi, gagner beaucoup d'argent, m'acheter des toilettes, des bijoux, sortir, faire la fête dans les endroits à la mode.
– A ce compte-là, décidait Lucie, je veux bien être pute aussi.

Alors, Solange avait fougueusement embrassé Lucie sur la bouche, presque aux yeux de tout le monde, avec insolence, comme une vraie lionne du temps jadis.

Lucie méditait donc sur son lit. Sa mémoire éveillait un passé récent, chargé de souvenirs. A les raviver, elle éprouvait de la mélancolie. Mais, dans le même temps, le sentiment d'entrer dans la vraie vie, d'entamer une nouvelle étape, orientait son esprit vers l'inconnu. Elle connaîtrait des aventures extraordinaires. Elle appareillait sur un beau navire, en compagnie de séduisants matelots, vers des pays exotiques...

En septembre, elle ne retournerait pas à la pension. Elle n'affronterait plus la discipline anachronique. Elle ne languirait plus dans des classes spartiates. L'odeur de moisi des longs corridors suintant d'humidité ne l'écœurerait plus. Elle ne grelotterait plus sur son lit de fer dans le dortoir jamais assez chauffé. Mais aussi, elle ne savourerait plus l'émoi des premiers bourgeons et des premières fleurs dans le jardin du cloître.

La colombe s'envolait du couvent des oiseaux. Ses ailes l'emportaient d'un vol insouciant vers d'autres horizons.

Sans doute ne reverrait-elle pas Solange qui, recalée au bachot, doublait sa terminale. La pauvre devait ronger son frein dans ce patelin du Morvan où ses parents possédaient une propriété. Devant elle s'ouvrait la perspective peu engageante de subir une nouvelle année dans leur prison vaudoise, sans la présence de sa meilleure amie. De quoi rouiller un moral de fer! Une autre fille s'installerait à sa place, dans le lit voisin. Elle l'espérait peu farouche, disponible...

Quelques jours suffisaient pour estomper êtres et lieux. L'esprit se portait aux choses présentes. Les événements ne cessaient de le solliciter. Et les jours succédaient aux jours, à toute allure, sans qu'on s'en rendît compte. Leur tourbillon vous emportait sans vous laisser le loisir de souffler, de regarder en arrière.

Cependant, aujourd'hui, la contemplation de ses charmes jointe au souvenir de Solange, et aussi à une certaine paresse, livrait Lucie à des pensées perverses.

« Ah! soupira-t-elle, si quelqu'un entrait maintenant dans ma chambre, avec quelle impétuosité je me jetterais dans ses bras! Comme je l'embrasserais! Toute cette chaleur est épuisante. Je me sens pleine d'électricité, comme une chatte. Je languis après un corps qui s'enlacerait au mien, le comblerait de caresses, le prendrait... Si seulement ma chère Solange était auprès de moi, comme nous nous amuserions! Mais, voilà, des kilomètres nous séparent. Peut-être s'ennuie-t-elle autant que moi. Peut-être, traversée des mêmes désirs, et dans la même impossibilité de les assouvir, souffre-t-elle comme moi de la solitude... Mais non, je la connais trop. Elle a plus d'un tour dans son sac, la maligne. Ce n'est pas elle qui sera en peine pour trouver un partenaire à aimer. »

Une seconde, l'idée d'écrire à Solange l'effleura. Elle l'abandonna. Elle n'était pas d'humeur à se creuser la cervelle. Elle ne parviendrait pas à remplir un feuillet. En tout cas, pas aujourd'hui. Et puis, à quoi bon?

De nouveau, elle se regarda dans la glace, se fit une grimace, puis retira sa chemise, un vêtement emprunté à son frère.

Décidément, elle ne se déplaisait pas. Au cours des derniers mois écoulés, elle s'était étoffée, de sorte qu'elle offrait à présent l'image d'une jeune personne fort comestible. Elle aimait surtout ses seins, plantés fermes, avec arrogance. Elle se plaisait à voir trembler leur masse lorsqu'elle remuait.

Soudain, elle posa les mains dessus. Le contact lui fit du bien. Elle les pressa davantage, se massa d'un mouvement circulaire et doux. Sous ses paumes les mamelons se mirent à durcir. La sensation s'accentua. Fermant les yeux, elle en savoura les ondes. Se caresser constituait un palliatif pour tromper la grande fringale sensuelle qui la soulevait. Mais ne fallait-il pas faire contre mauvaise fortune bon cœur et se contenter de ce que l'on avait?

Cependant qu'elle continuait, sa conque béante s'humidifiait. Elle sentait palpiter tout son ventre. Parties de ses reins, les impulsions aboutissaient là, à ce foyer où toutes ses forces se consumaient, irradiant leur feu par tout son être. Elle se tendait comme un arc, à la limite de rupture. Sa respiration, rauque, précipitée, s'entrecoupait de râles impossibles à réprimer. Dans la musique de son propre désir, elle puisait un surcroît d'excitation.

A la fin, renversée sur le dos, cuisses largement écartées, elle glissa la main le long de son ventre, jusqu'à sa toison qu'elle flatta au passage. L'élasticité des poils vernissés l'amusait toujours. Puis, elle plongea les doigts à l'intérieur de l'antre inondé de liqueur, parcourant l'orifice d'avant en arrière, poussant à travers les replis, au sein des profondeurs mystérieuses où se préparait l'alchimie de la volupté. La petite stalagmite de chair se contractait à la rencontre de ses doigts. Lorsqu'enfin elle s'en

saisit, tout son corps fut agité d'un long tremblement.
 – Oh! Que c'est bon! Que c'est bon! s'exclama-t-elle, tandis que le plaisir jaillissait sporadiquement de ses nerfs.

CHAPITRE II

Lucie plongeait en pamoison quand on frappa à la porte. Avec provocation, sans manifester la moindre hésitation, elle dit d'entrer. Sa main venait tout juste d'abandonner son intimité encore émue, mais elle demeurait étendue avec impudeur, cuisses ouvertes, offrant un spectacle à damner un saint ou à sanctifier un démon.

Celui qui pénétra dans la chambre n'était certes pas un saint. Néanmoins, ce qu'il découvrit là lui arracha un « Oh! » de surprise. Cela ne l'empêcha pas de se rincer l'œil copieusement : dans l'angle des cuisses bouclait la brune toison traversée d'un sillon luisant de rosée; plus loin, au-dessus de la dalle du ventre, plat et bronzé, s'érigeaient deux protubérances tentatrices, d'une tonalité plus claire. Lucie reconnut son cousin Marcel.

— Et alors, t'as jamais rien vu, non? lui lança-t-elle.

– Pas toi, articula-t-il, la gorge nouée, sans détourner le regard.

– Qu'est-ce que j'ai donc de particulier? insista l'effrontée, en prenant une pose aguichante.

– T'es vachement gironde, ouais.

A cet instant, ses joues évoquaient des pétales de coquelicot. Il déglutissait avec peine. Son rythme cardiaque se précipitait.

– C'est tout de même pas la première fois que tu vois une fille à poil, non?

Il hésita avant d'opiner du chef, l'air navré. Il se tortillait devant la porte sans se décider. L'envie de fuir le tenaillait. Cependant la vision de cette splendide créature le figeait sur plage. Il s'appropriait chaque pouce de son corps, en imprégnait sa mémoire. Plus tard, quand l'image de sa cousine le visiterait, il ne manquerait pas de l'honorer d'une belle érection, pareille à celle qui tendait présentement son membre.

– T'as pas fini de me reluquer! le rabroua Lucie, exaspérée par son manque d'initiative.

A la place de Marcel, un autre eût saisi l'aubaine, compris que la jeune fille attendait un assaut, qu'elle l'espérait avec un élan de tout son être brûlant d'ardeur inassouvie. Lucie en éprouvait du dépit.

Elle tendit le bras vers la chemise, l'enfila. Cette fois, elle daigna la boutonner. N'empêche, dans ses mouvements, elle montrait ses fesses ou son minou. D'entrevoir ses charmes par les indiscrétions du tissu excitait davantage le garçon. Le jeu de cache-cache, imprévisible, bouleversait les nerfs. Il avalait sa salive avec difficulté. Lucie voyait remuer sa pomme d'Adam, ce qui lui donnait l'air godiche.

Marcel était un grand dadais poussé en graine, surnommé l'Asperge. Ce sobriquet évocateur inclinait la fougueuse adolescente à songer à l'autre plante potagère dont la pointe manifestait son existence à hauteur de braguette.

Les garçons attiraient d'autant plus Lucie que le pensionnat l'avait longtemps tenue éloignée de leur compagnie. Son esprit se posait maintes questions à leur sujet. Ils détenaient la clef d'un merveilleux domaine où les sens s'exaltaient. Son expérience se limitant aux échanges amoureux entretenus avec Solange, elle conservait une virginité devenue encombrante à une époque où la plupart des filles la perdaient au seuil de la puberté. Aussi ne songeait-elle qu'à dilapider ce capital avec le premier venu.

Solange, et d'autres amies plus affranchies, lui avaient raconté des tas d'histoires scabreuses en gloussant comme des dindes. Une fille de terminale, Sophie, se vantait même d'avoir copulé avec plusieurs hommes la même nuit. Elle affirmait avoir connu là des sensations inouïes. Quand on s'envoyait en l'air de cette façon, le septième ciel n'était pas surfait. Il fallait se hâter d'en profiter. Conserver son hymen au-delà de sa quinzième année constituait une tare.

Ces souvenirs trottant dans sa tête enfiévrée, Lucie considéra soudain son cousin d'un autre œil, jaugeant le mâle sous le dadais. Une idée sournoise faisait son chemin sous les mèches blondes.

– Dis, Marcel, t'as déjà fait l'amour? demanda-t-elle, tout à trac.

– Toi, alors, tu as de ces questions!

– Réponds.

– Oui, ça m'est arrivé déjà.

– Avec qui?

– Des copines. Et aussi des putes, par curiosité, pour voir...

Lucie réfléchissait : l'aveu confirmait sa décision.

– C'était comment? Raconte.

– Pas mal. Quelquefois très bien. Où veux-tu en venir?

Le commentaire ne suffisait pas à apaiser la curiosité de Lucie. Elle glissa sur ses lèvres une langue mutine. L'éclat de ses prunelles se fit plus intense.

– J'ai mon idée, dit-elle. Viens t'asseoir près de moi.

Il obéit. Aussitôt, elle l'enlaça, amusée du frisson que son contact provoquait chez son partenaire. Celui-ci sentait la chaleur de la jeune fille le gagner. Il respirait le parfum de sa chevelure. Il perdait la tête, ne savait plus très bien où il en était, et avec qui. Sa cousine était une ensorceleuse. Elle avait le diable au corps. Ils allaient faire des bêtises. Cette chair si proche, accessible, le bouleversait. La situation le plongeait dans un plaisir trouble. Ses sens en éveil l'incitaient à céder à la femelle en risquant enfin les gestes réprouvés par la morale des familles, mais tellement délicieux!

Ah! si seulement Lucie n'avait pas été sa cousine germaine, avec quelle impétuosité il se fût livré à ses appétits! Mais il existait entre eux une barrière qu'il ne se décidait pas à franchir. Il ne pouvait tout de même pas basculer sous son désir une fille de son sang. Les vieux tabous restaient les plus forts.

– Tu es mon cousin préféré, susurrait à

son oreille l'adorable tentatrice, tandis qu'elle frottait avec douceur sa joue brûlante contre la sienne.

Le grognement qu'il émettait pouvait, à la rigueur, passer pour une approbation.

— Tu n'es pas gentil. Je te dis des choses aimables, et toi, tu te conduis comme un ours.

Elle ponctua le reproche d'un baiser dans le cou.

— Laisse-moi donc!
— Non. Je veux te demander quelque chose.
— Qu'est-ce que c'est?
— Un service agréable. Et tout à fait dans tes cordes, si je puis dire...

Il craignait de comprendre, l'air buté. Il suffirait cependant de le houspiller un peu pour qu'il jetât bas le masque.

Se penchant vers son oreille, elle chuchota :

— Fais-moi l'amour. J'ai envie.

A ces mots, comme piqué par une guêpe, Marcel sauta sur ses pieds.

— Mais... mais tu n'y penses pas... bredouilla-t-il, perdu d'embarras.
— Si, au contraire, je ne pense qu'à ça.
— Tu es folle!
— Oui, folle! Folle de la vie! Folle de

l'amour! Folle de mon corps! Il faut te faire une raison.

Comme il tentait de fuir vers la porte, elle le retint par la manche.

– Allez, ne sois pas mufle. Fais-moi l'amour. Je sais que toi aussi tu en as envie. Ne boudons pas le plaisir.

– Tu es ma cousine...

– Et après? Ainsi, ça ne sortira pas de la famille. Pour parachever sa conquête, elle le lâcha, commença de retirer sa chemise, dévoilant de nouveau des arguments péremptoires.

– Viens! Ne me fais plus languir!

Dans cette affaire, tout reposait sur son initiative. Les rôles se trouvaient inversés. Il lui fallait aller plus loin, braver, brusquer, balayer toutes les réticences sous la poussée de son désir. Novice, elle devait agir avec la science d'une rouée. Son impatience l'exposait à toutes les maladresses. Elle voulait brûler les étapes, vite sentir en elle l'incandescent tison de chair dont l'obsession peuplait ses nuits blanches.

Elle n'avait jamais imaginé que les choses se dérouleraient de la sorte. Elle concevait au contraire la rencontre d'un hardi cavalier qui la foudroierait, l'entraînant au sein de délices inexprimables. A sa manière, elle bovarisait, raffinant sur des perspectives érotiques qui laissaient loin derrière l'esprit romanesque et les bouffées de chaleur de la coupable Emma.

Comme Marcel tergiversait toujours, Lucie s'impatienta. Elle s'empara de sa main et, brusquement, la plaqua contre sa poitrine frémissante, tandis qu'elle allait elle-même débusquer son désir là où il gîtait.

Il tressaillit de toute sa membrure, tel un navire ébranlé par la tempête, tournant vers elle des yeux écarquillés, bredouillant de vagues paroles incompréhensibles. Sans tenir compte de ces réactions, Lucie l'attira contre son corps, l'enlaçant avec une frénésie décuplée par les premier succès, cherchant des lèvres avides sa bouche qui se dérobait encore.

Le niais se débattait tant et plus, comme s'il se trouvait aux prises avec une pieuvre, s'efforçant d'éloigner les tentacules suaves qui cherchaient à l'attirer vers la petite mort. Sa conduite constituait un affront. Mais Lucie, tout attachée à la réalisation de son dessein, ne se souciait guère de ses états d'âme, et pardonnait sans y penser.

— A-t-on idée de gesticuler de la sorte quand on vous veut du bien! s'exclama Lucie, que cette résistance inopportune irritait. Ma parole, de nous deux, on dirait que c'est toi le puceau!

Elle espérait que ces propos fouetteraient le sang de son partenaire. Il n'en fut rien. Le nigaud posait un mouchoir sur son amour-propre. Quoi qu'elle tentât, elle ne parvenait pas à ses fins. Pourtant, la chaleur irradiait de sa chair. Elle n'y tenait plus. Ses seins durcis devenaient douloureux. Sa conque inondée de liqueur s'ouvrait dans un appel pathétique. Elle respirait par saccades, émettant un souffle rauque de bête.

– Décidément, puisque tu n'y mets pas du tien, je vais te violer, dit-elle, avec des étincelles dans les yeux.

Joignant le geste à la parole, elle entreprit de dégrafer sa ceinture afin de faire glisser son pantalon. Une fois nu, il serait plus vulnérable.

– Quelle furie! protestait-il. Tu as bouffé des aphrodisiaques. Arrête! Arrête donc! Tu es complètement folle. Si quelqu'un entrait...

Elle venait de descendre le froc à mi-jambes et constatait avec satisfaction que l'opulente bosse du slip rendait hommage à sa persévérance. Le garnement ne pouvait plus cacher ses sentiments.

Lucie lança la main vers l'objet, s'en

empara. Ce contact l'électrisa. Elle sentait à travers le coton du slip rouler le cylindre turgescent dont la taille l'impressionna. Ses doigts s'y agrippaient comme à une branche salvatrice.

— Aïe! s'écria Marcel. Tu me fais mal.

— Tu vois, rétorqua-t-elle sur un ton de victoire, tu en as envie autant que moi. Tu ne peux plus dire le contraire. Alors, à quoi bon toutes ces histoires?

— Oui, là, cria-t-il à la fin, j'ai envie. Mais ça ne change rien puisque c'est impossible entre nous.

— L'imbécile! C'est bien ma veine, je suis tombée sur un adjudant de l'armée du Salut!

Elle fit glisser à son tour le slip, découvrant enfin, dans toute sa superbe, la verge de Marcel. Elle montait droit le long de son ventre, noueuse et tremblante de force contenue, s'élevant d'une profusion noire au-dessous de laquelle pendaient deux émouvantes sacoches.

Lucie en avait la gorge sèche. Un frisson l'agitait. Devant l'accomplissement du mystère, elle réprimait un rapide réflexe de crainte.

Avec fureur, elle se renversa sur le dos, attirant sur son corps frémissant celui de Marcel. Elle ouvrit les cuisses, entoura instinctivement sa taille avec ses jambes. Quand elle sentit enfin la raideur du sexe contre le sien, elle crut défaillir. Cette fois, ça y était : elle allait être femme. Elle ferma les yeux, arqua les reins pour accueillir en elle cette certitude, disposée à toutes les prouesses des sens, les nerfs à vif, les tempes bourdonnantes, le cœur en chamade.

Mais, que se passait-il? Un liquide chaud jaillissait sur son ventre. Elle ne sentait plus le contact de la roide tige qui l'ensorcelait. En son lieu, quelque chose de flasque et de souillé...

– Pardonne-moi, souffla Marcel en se relevant précipitamment et en gagnant la porte. C'était plus fort que moi.

Elle ne trouva rien à rétorquer, observant sans y croire la piteuse retraite de son cousin.

Elle restait sur sa faim. Le jour n'était pas encore venu où elle perdrait sa virginité. Echouer si près du but! Elle ne pardonnerait pas de sitôt cette maladresse à Marcel. Tout au long, il s'était montré détestable, indigne du présent qu'elle lui offrait. Mais elle saurait bien trouver chez d'autres des compensations.

De nouveau, pour calmer les exigences de ses sens, elle se servit de ses doigts. Une brève jouissance la secoua. Elle resta un long moment allongée sur le lit, comme prostrée.

Puis, elle se rendit à la salle de bain. Une douche bien fraîche la calmerait.

Elle régla le jet au maximum de puissance, s'aspergea longtemps. L'eau la nettoya des fatigues et de la déconvenue. Les lances liquides se brisaient contre sa peau bien tendue, éclatant en milliers de perlettes brillantes. Son sang circulait mieux. Elle se prit à chanter.

*
**

Une demi-heure plus tard, vêtue simplement d'une salopette de jean délavée, Lucie se dirigeait vers la plage, une serviette sous le bras, son sac de toile en bandoulière. Là-bas, elle trouverait sans doute des copains.

Elle se faufilait au milieu des touristes, franchissait avec désinvolture le torrent des automobiles surchauffées qui s'écoulait en direction de la mer.

Elle s'arrêta devant un marchand de glace, commanda deux boules à la pistache. Presque aussitôt la bousculade d'un importun lui en fit tomber une dans le caniveau.

« Je ne suis pas vernie, aujourd'hui, songea-t-elle. Ce n'est pas mon jour. »

Sur la plage, la foule encombrait le sable. Chacun régnait sur son rectangle comme sur un royaume. Elle chercha des amis, n'en trouva point. Ou personne n'était venu. Ou il y avait tant de monde qu'ils étaient comme absorbés par lui, devenus en quelque sorte anonymes.

La main en visière, elle regarda du côté des établissements payants s'il restait des places libres. Il y avait deux matelas inoccupés. Peut-être leurs propriétaires étaient-ils tout bonnement en train de faire trempette. Elle décida de risquer le coup. D'autant qu'elle aimait bien cet endroit. On y rencontrait le gratin, des filles du tonnerre et des types formidables, des play-boys, des pleins aux as qui ne lésinaient point sur la dépense quand ils remarquaient une belle fille et voulaient obtenir ses bonnes grâces.

Elle avisa le plagiste, un hercule bronzé qui ne devait plus compter ses exploits. Il lui désigna un matelas en bordure du rivage, entre un monsieur bedonnant et une nymphe aux seins nus.

Elle se mit en monokini, s'allongea voluptueusement sur la toile brûlante, ferma les yeux, et s'exposa aux ardeurs du soleil. Celui-là, au moins, quand on s'offrait à lui, il vous en donnait pour vos désirs.

CHAPITRE III

L'appartement, confortable et spacieux, dominait le port de Cannes. Depuis la loggia, abondamment fleurie, on pouvait observer le mouvement des bateaux, les gens qui se promenaient le long des quais. Des airs de musique à la mode, diffusés par les établissements, vous atteignaient par bouffées. Tout cela créait une ambiance de vacances dorées à laquelle Lucie s'abandonnait.

L'ameublement, de style design, était cossu. Le blanc l'emportait sur les autres couleurs. Certains bibelots coûtaient certainement une fortune. De même que les tableaux signés de maîtres contemporains. Elle trouvait l'ensemble d'un goût exquis.

L'hôte ne l'était pas moins : grand, brun, bien découplé, avec des yeux d'un bleu profond, et une bouche sensuelle sans cesse animée d'un sourire qui découvrait des dents solides, carnassières... Il portait une chemise blanche sur un pantalon marine. Il se nommait Amaury Ducarme et gagnait beaucoup d'argent dans l'immobilier.

Lucie avait fait la connaissance d'Amaury la veille, sur la plage. Comme elle nageait assez loin en direction du large, ayant déjà franchi les bouées de sécurité, une voix s'était élevée près d'elle :

– Jeune fille, si vous continuez, vous allez vous noyer.

La voix était chaude, bien timbrée. Elle ne distinguait de son propriétaire que le visage trempé et les épaules robustes.

– Ne craignez rien pour moi, vous sombrerez avant : je suis bonne nageuse.

Il s'était contenté de sourire, sans répondre, et d'avancer à côté d'elle. Il avait des mouvements souples, efficaces, se coulait dans l'eau comme dans son élément naturel. Elle appréciait.

Au bout d'un certain temps, ils s'arrêtèrent pour souffler, se mirent sur le dos, firent la planche.

Là-bas, sur la langue de sable blond, s'agitait une myriade d'insectes, parmi des taches multicolores. Cela dansait dans l'air troublé de chaleur, miroitait sous une pluie de lumière. Une sorte de crissement emplissait les oreilles. Et les poumons se gorgeaient d'air iodé, aux senteurs vivifiantes soufflées du large.

Amaury et Lucie avaient alors bavardé, échangeant des banalités pour lier plus ample connaissance. Elle appréciait son humour et sa bonne humeur. De même, l'équilibre, l'impression de solidité qui se dégageaient de sa personne.

Ils flottaient ensemble au gré des courants. Après l'effort du crawl, cette pause était délicieuse. Le regard affrontait un ciel immense, d'une telle intensité qu'il en paraissait blanc.

– Si cette canicule ne s'atténue pas, nous aurons l'orage, pronostiqua Amaury.

– Je vous en prie, ne nous portez pas la poisse. Je déteste l'orage. Je suis une fille du soleil, moi!

– Alors, j'espère qu'il se montrera bon père et nous protègera de l'averse.

Ensuite, à la brasse, ils avaient regagné la plage de conserve. Comme il occupait un matelas assez éloigné du sien, il lui avait proposé d'aller boire un verre. Elle avait accepté sans faire d'histoires. C'est à ce moment-là qu'elle avait appris qu'il travaillait dans l'immobilier, qu'il se trouvait en instance de divorce, qu'il aimait la vie avec passion, qu'il savait être drôle. Aussi, au moment de se séparer, quand il lui avait demandé si elle accepterait de venir le voir, le lendemain, à son appartement, n'avait-elle fait aucune difficulté pour accepter.

Maintenant, elle s'y trouvait. Elle buvait du whisky avec un homme seul pour lequel elle éprouvait de l'inclination. Sous son casque blond s'épanouissaient de coquines pensées. Amaury, certes, ne se comporterait pas comme cet idiot de Marcel. Il profiterait de l'occasion. Seulement, l'initiative lui revenait. Elle ne pouvait pas se permettre ici le même manège. Et puis, pour la première fois, un homme mûr s'intéressait à elle d'aussi près. Elle en éprouvait un peu d'appréhension, se demandant si elle saurait se comporter comme il convenait de le faire.

Lucie se remémorait tout cela en considérant Amaury. Elle n'avait pas tellement l'habitude de boire. Aussi l'alcool lui montait-il à la tête. Elle baignait dans une sorte d'euphorie. L'existence lui souriait. Elle se sentait bien dans sa peau, à l'aise dans ce fauteuil de daim blanc, avec en main ce verre de cristal taillé où dansait un liquide ambré au pouvoir magique.

Amaury parlait de Ceylan, l'île aux mille séductions, où il était allé passer dix jours en mars. Il vantait le site grandiose de Sigiriya qui surgit soudain au sortir de la jungle, avec son rocher colossal au sommet duquel se dressent les ruines extravagantes d'un palais-forteresse. Il racontait ses rencontres à Colombo, des anecdotes d'hôtels, de guides, d'interprètes.

Lucie, béate, l'écoutait débiter ces merveilles. Elles lui ouvraient les portes du rêve. L'exotisme pénétrait dans cette nacelle de béton suspendue au-dessus de la rade de Cannes. Ce n'était plus la Provence, avec ses pinèdes et ses oliveraies, c'était Sri-Lanka, avec la luxuriance de sa végétation exotique, les vestiges de son antique civilisation, ses parfums de légendes qui enflammaient l'imagination.

Amaury devinait-il les mouvements qui l'agitaient à cet instant? Toujours est-il que sa voix s'altérait, qu'il ménageait de longs silences dans son discours, durant lesquels il posait sur la jeune fille un regard aigu.

Il revoyait la nymphe au corps de fée, ou de démone, rencontrée la veille, au bord de la mer. Il y avait longtemps songé avant de s'endormir. Le goût du raisin vert le faisait saliver de désir. Il s'inquiétait de savoir si elle viendrait chez lui. Elle ne s'était pas montrée bien farouche, mais comment imaginer ce qui se passait dans ces charmantes têtes? En avait-il croisé de ces oiselles fantasques qui s'échappaient d'un coup d'aile alors qu'on croyait refermer la main dessus!

Amaury ne draguait pas ordinairement les nymphettes. Il leur préférait les femmes faites, sans complications, généreuses du déduit. Il aimait leurs formes pleines et fermes, leur science de l'amour, cette connivence rapide qui s'établissait entre eux. Les corps alors se comprenaient avec une intuition prodigieuse. Il suffisait d'une impulsion, d'un signe pour obtenir aussitôt la réponse adéquate.

« Si, à présent, je m'intéresse aux filles pubères, c'est que je vieillis », se dit-il.

Quand l'homme commençait à lorgner du côté des jeunes filles en fleur, il virait au vieux mâle. C'était dur à encaisser, mais on n'y pouvait rien. Tout le monde y passait.

En vérité, cette Lucie tombait à point nommé. Son divorce traînait en longueur. Il venait de rompre avec sa dernière conquête. Une passade avec une adolescente bien roulée et peu farouche le tentait. Celle-ci avouait dix-huit ans. Depuis quand n'avait-il plus couché avec une fille de cet âge? Le désir le prit d'en savourer de nouveau la saveur, de s'agacer les dents au fruit vert, à mordre dans cette pulpe encore intacte.

Il continuait de discourir sur Ceylan, abordant le chapitre des mœurs.

– Si le pays m'a conquis, dit-il, le comportement amoureux des cingalais m'a profondément déçu. La féerie cingalaise s'éteint à l'entrée des alcôves. Ce peuple est atrocement puritain.

– Et vous n'aimez pas ça.

– Pas précisément, non. Je pense que les gens devraient avoir davantage d'ouverture d'esprit devant les choses de l'amour. Elles constituent une part essentielle de notre existence. Les plaisirs les plus mémorables s'y attachent.

– Vous avez sans doute raison.

– Parlez-vous d'expérience? risqua-t-il.

– Ne vous moquez pas de moi. C'est méchant.

– Il est permis de vous taquiner un peu...

Elle tenait son verre vide devant ses yeux. Le cristal emprisonnait le soleil. Chaque facette étalait une plage de feu. Elle serrait entre ses doigts toute la force de l'univers. Quand elle les bougeait, celui-ci chavirait dans un déluge de lumière.

– Encore une goutte de whisky? proposa-t-il.

– Ça va me faire tourner la tête et je dirai des bêtises.

– J'attends avec impatience de voir ce manège.

Malgré ses protestations, il versa l'alcool dans les verres, puis vint s'asseoir auprès d'elle.

Le silence les enveloppa un long moment. Ils regardaient par la large baie le spectacle de la mer. Un voilier appareillait, croisé par des canots à moteur. Il louvoyait avec une solennelle lenteur, dédaigneux de ces nouveaux riches qui le dépassaient insolemment, l'éclaboussant de bruit et d'écume souillée.

Lucie s'appuya sur l'épaule d'Amaury. Celui-ci l'enlaça. Son geste était d'une grande douceur. Un réseau d'ondes s'établissait peu à peu entre eux, les enveloppait. Ils se retrouvaient face à face, poussés l'un vers l'autre par un élan irrésistible.

Quand la jeune fille tourna son visage vers celui d'Amaury, leurs lèvres se rencontrèrent naturellement. Ils échangèrent un baiser profond, exigeant, vorace. Elle pensa y épuiser toute sa fougue, mais celle-ci renaissait en elle, plus violente. Déjà, elle se donnait, s'ouvrant voluptueusement à la langue de l'homme comme, dans un moment, elle s'ouvrirait à la poussée de son sexe.

– J'aime que tu m'embrasses, déclara-t-elle, à bout de souffle.

Sans se faire prier, il recommença. Cette fois, cependant, ses mains ne restèrent pas inactives. Elles commencèrent par aller et venir le long de l'échine, descendirent jusqu'aux fesses où elles s'arrêtèrent le temps de les masser délicatement. Puis elles remontèrent avec une infinie lenteur le long des flancs pour atteindre la naissance des seins. Quand elles y parvinrent, Lucie frissonna et se tendit comme un arc, poussant son corps en avant, à la rencontre de son partenaire.

Il caressait sans se presser la zone érogène, se rapprochant des mamelons, les taquinant, s'en éloignant un instant pour revenir les agacer aussitôt.

La respiration de la jeune fille se précipitait. Ses yeux se voilaient. Elle parlait d'une voix soudain assombrie. Autant de signes qui désignaient clairement dans quel trouble la plongeait Amaury.

Celui-ci apprivoisait le désir. Il connaissait le prix de la patience en amour et dominait son impétuosité naturelle. S'il s'était écouté, il l'aurait sur-le-champ culbutée et l'aurait prise à la hussarde.

Il releva le Tee-shirt et toucha la peau brûlante. Comme à son habitude, elle ne portait pas de soutien-gorge. Sa poitrine était comme du satin, fragile et suave. En même temps, elle répondait aux injonctions de ses doigts.

– Tu es belle, dit-il. Tu es bonne à caresser.

Elle le regardait avec une infinité de paillettes dans ses yeux agrandis.

Alors, il entreprit de la déshabiller. Elle se laissa faire, docile. Au fur et à mesure, il posait des baisers sur sa chair, trouvant les emplacements les plus favorables au frisson.

Quand elle fut entièrement nue, il l'admira, parcourant de l'index les lignes souples de son corps.

– Tu es belle, répéta-t-il.
– Ne me le dis pas trop, souffla-t-elle.

Avec une tranquille impudeur, elle se lova dans ses bras. Tout s'abîmait autour d'elle. Elle se balançait dans une nacelle suspendue au-dessus du monde. Le vertige la gagnait. Elle se retenait au cou d'Amaury comme à une bouée. Et plus elle s'agrippait à lui, plus elle chancelait. Ses membres paraissaient se vider de tout leur sang. Elle traversait une sensation extraordinaire, sans chercher à comprendre quelle immense vague de fond la soulevait au-dessus d'elle-même. Sa peau se granulait, hérisée comme s'il faisait froid alors que sa propre chaleur l'étouffait. Elle haletait doucement. Elle sentait son sexe ruisseler, battre, s'ouvrir... A présent, tout en elle quémandait l'approche du mâle. Cette fois, elle ne serait pas frustrée. Elle connaîtrait le grand saut. De petits gémissements sortaient de sa bouche.

Amaury se leva. Rapide, précis, il retira ses vêtements, les jetant par terre sans précaution. Elle regardait ce corps si désiré livrer peu à peu son intimité, les épaules larges, le torse puissant, un début d'enbonpoint. Quand il fut en tenue d'Adam, elle vit la majestueuse hampe virile dressée devant son ventre, toute secouée de spasmes. Ses dimensions impressionnèrent Lucie. Aussi, comme il s'avançait vers elle, elle ne put réprimer un petit mouvement de recul. Comment ce pieu de chair s'introduirait-il en elle sans la déchirer, sans la faire souffrir?

Certes, elle se préparait à avoir mal, mais elle mêlait à l'acte tant de plaisir diffus qu'elle consentait à subir quelques tortures pour y goûter.

– Fais bien attention, implora-t-elle néanmoins, en avalant péniblement sa

salive. Sois très doux. C'est la première...
- ... Tu...
- Oui, répondit-elle, confuse.

Il lui dédia un sourire et caressa doucement ses cheveux, s'arrêtant pour lui masser la nuque, comme l'on apaise un animal craintif.

- Eh bien, quoi, ce n'est pas infâmant tout de même!

Il l'embrassa ensuite sur le front, lui caressa le dos, avant de la rassurer de nouveau.

- Ne crains rien. Tu verras. Tout se passera bien.

Avec douceur, il la renversa sur le canapé. Sa bouche brûlante se mit à parcourir son corps, n'épargnant aucune parcelle de sa chair frémissante, allant et venant de son ventre à ses seins, suçant les mamelons durcis, s'arrêtant au niveau du cou, poussant jusqu'aux lèvres dont elle s'emparait pour de longs baisers, tandis que les mains d'Amaury continuaient de prodiguer d'affolantes caresses.

Elle se sentait devenir un objet sous ses doigts. Il tirait d'elle des accords insoupçonnés. Elle craignait de perdre conscience. Tout ce qui n'était pas ses sens cessait d'exister. Elle gémissait, implorait qu'il la prenne.

– Viens! Viens! criait-elle. Je n'en peux plus. Je te veux.

Mais il retardait à dessein la minute du sacrifice, voulant pousser plus loin encore son désir, jusqu'à ce que tout son être se réduisît à la béance de son sexe.

Sa langue maintenant léchait celui-ci, écartant les lèvres de sa flamme, tournant autour du petit bouton douloureusement noué sur son attente.

– Prends-moi! Prends-moi! implorait Lucie en secouant la tête. C'est trop cruel! Ne me fais plus attendre. Tu me fais mourir.

Enfin, il se décida à peser sur elle. Elle perçut l'approche de la tige et ce fut elle qui, la saisissant d'une main tremblante, la dirigea vers l'antre des délices.

Quand il entra en elle, elle eut le sentiment de recevoir un fer rouge et eut affreusement mal. Un cri s'échappa de sa gorge. Elle serra les dents. Il demeura tendu au fond d'elle-même, immobile, essayant de l'apaiser. Il irradiait de ce corps étranger emprisonné par son étroit conduit, à la fois tant de force et de feu, que Lucie en oublia sa douleur. Ce fut elle qui, peu à peu, s'enhardissant, commença à agiter le bassin, pour sentir coulisser l'énorme chose. Et, avec étonnement, avec émerveillement, tandis que se frottaient leurs organes, elle sentit naître en elle des sensations jusqu'alors inconnues. Un ineffable plaisir montait le long de ses veines, de ses nerfs. Sa conque dilatée accueillait mieux le membre et elle allait au-devant de lui avec plus de franchise. Elle avait maintenant envie qu'il la pénètre avec toute sa force, sans ménagement, fouaillant au fond de ses entrailles pour en extraire les pépites.

– Plus fort! Plus vite! haleta Lucie, hors de sens. Ah!... Ah!... Jamais... Non... Je suis au paradis... Tu me tues... Vas-y plus fort, encore plus fort... Oh, que c'est bon, mon amour, que c'est bon!

Amaury ne se fit pas prier. Ses coups de reins se précipitèrent. A chaque fois, il sortait presque entièrement le curseur de sa gaine puis, avec une violence d'étalon, l'enfonçait derechef jusqu'à la garde.

A ce régime-là, la jeune fille ne tarda pas à rendre les armes.

– J'ai!... J'ai! hurla-t-elle.

Des étincelles éclatèrent sous son crâne. Sa bouche s'ouvrit sur un long feulement. Elle crut s'évanouir sous le déferlement soudain d'une jouissance nouvelle.

CHAPITRE IV

Lucie venait d'écrire une longue lettre à son amie Solange. Elle y racontait par le menu sa défloration, exprimant la satisfaction de se trouver enfin délestée de cette entrave ridicule. Son initiateur bénéficiait d'une guirlande d'éloges, sa façon d'agir lui ayant laissé un souvenir ébloui. Il lui avait dit qu'elle avait de la chance, car il n'était pas si fréquent qu'une novice atteignît le plaisir dès les premiers transports. Cela montrait évidemment combien elle était douée pour l'amour. Elle recelait un capital de sensualité qui lui prodiguerait bien du bonheur au cours de son existence.

La nécessité de raconter amenait Lucie à se remémorer les phases de cette soirée. Des images se superposaient dans sa tête. Elle retrouvait une certaine fièvre. L'impatience de rejoindre Amaury lui coupait les jambes. Son désir de lui n'était pas tari. Jamais elle n'avait imaginé auparavant qu'un sexe d'homme lui procurerait de telles sensations. Cela la marquait pour toujours. Jamais plus elle ne pourrait s'en passer.

— Ma biche, tu es taillée pour l'amour. J'ai connu beaucoup de femmes dans mon existence. Je sais de quoi je parle. Au lit, tu feras toujours des étincelles.

— Tu es gentil.

— Clairvoyant, plutôt. Les petits veinards qui tomberont sur toi plus tard s'en souviendront.

— Et toi?

— Moi aussi, bien sûr, je ne t'oublierai pas. D'ailleurs, nous ne nous quitterons pas comme ça. Tu es douée, mais il te reste encore beaucoup de choses à apprendre.

— Avec toi, je serai bonne élève. Cc genre de cours, on ne le sèche pas.

— Non, on est plutôt séché par lui, si l'on peut dire.

Ils avaient longtemps bavardé comme cela, décontractés, dans une connivence parfaite. Etendus sur les coussins, ils exposaient leurs corps nus aux rayons obliques du soleil déclinant. De temps à autre, Amaury lui caressait doucement le buste, déposait un baiser sur son cou. Ou bien Lucie quémandait sa bouche, se roulait sur lui, avide.

Leurs nerfs s'électrisaient quand leurs peaux se joignaient. De nouveau le désir les tenaillait. Ils s'abîmaient dans une nouvelle étreinte, jamais rassasiés.

Lucie avait préféré la dernière. Cela avait été plus long, progressif. Ses forces, lentement apprivoisées, intensifiées, l'avaient préparée à de fulgurantes explosions dont elle n'était pas encore revenue. Elle avait traversé plusieurs orgasmes, comme si son sexe égrenait une sorte de chapelet voluptueux à la gloire d'Eros.

« *Ma chérie, écrivait-elle à Solange, je sais maintenant pourquoi on appelle l'amour la petite mort car j'ai bien cru mourir plusieurs fois de plaisir entre les bras d'Amaury. Rien n'existait plus autour de moi. Je sombrais dans une nuit magnifique, la tête vide. J'explosais en une infinité de paillettes que les vagues du désir dispersaient aux quatre coins de l'univers. Quelle sensation prodigieuse que de se sentir ainsi dilatée, d'avoir les nerfs délicieusement à vif! Quand tu me parlais de toutes ces choses, autrefois, je ne me rendais pas très bien compte. Je ne pouvais établir de comparaison qu'avec ce que je connaissais, et qui était mince : seulement nos petits jeux, te souviens-tu? Ils ont cependant suffi à illuminer nos années de pension. Sans toi, elles eussent été plus ternes encore, et plus pénibles à subir. Maintenant, je sais. Il me semble que ma vie est transformée, que je nais pour la seconde fois. L'assurance qui me manquait, je viens de la trouver. L'amour m'a pour ainsi dire lestée.*

Amaury est un garçon formidable. Il a beaucoup vécu et sait une infinité de choses que je brûle d'apprendre. En plus, il est gentil et généreux. Où trouverais-je meilleur professeur que celui-ci? J'ai décidé de demeurer en sa compagnie aussi longtemps qu'il le faudra pour me dégourdir. Je ne l'aime pourtant pas. Il m'attire physiquement. D'ailleurs, il m'a déjà enseigné à séparer la sexualité du sentiment. Lorsque le cœur est de la partie et que les sens s'accordent, cela peut être évidemment extraordinaire. Mais ce n'est pas courant. Or il faut vivre tous les jours et avoir du plaisir. Nous ne sommes que de passage sur terre. Comme disait Ronsard en courtisant poétiquement ses belles, il faut cueillir les roses de la vie. Tu peux me croire, dès à présent, je m'efforce d'en prendre à pleines brassées.

J'aimerais qu'à ton tour tu prennes le temps de m'écrire. Quelques lignes pour me dire ce que tu fais, les épisodes que tu vis. Je ne doute pas que tu aies, toi aussi, quelques potins bien gratinés à me confier... »

Quand enfin, Amaury et Lucie s'étaient rhabillés, elle avait exploré l'appartement. Elle applaudissait à ses trouvailles, bibelots, objets d'art, photographies. La bibliothèque comportait un nombre imposant de volumes, en général reliés, et frappés du monogramme du maître de séant.

– Tu lis beaucoup ou c'est pour la parade? avait-elle demandé.

– J'ai une passion pour les livres. Pour les tableaux aussi, d'ailleurs. Rien de ce qui relève de l'art ne me laisse indifférent. Y compris les jolies filles.

– Tu me prends pour un bel objet.

– Le plus beau de ma collection.

– Phallocrate!

– Et je m'en flatte. Moi, au moins, je ne suis pas hypocrite. Je ne cherche pas à faire semblant comme tant d'autres qui ne veulent pas être ce qu'au fond d'eux-mêmes ils demeurent malgré tout.

Lucie avait alors désigné le rayon le plus haut. Là, s'alignaient des ouvrages à couverture d'un rouge flamboyant.

– Qu'est-ce que ceci?

– L'enfer, ma mignonne.

– Je le croyais en bas, sous nos pieds.

– Chez moi, il a droit à l'inaccessible. Il

faut le mériter, monter vers lui, consentir au rite de l'escabeau.

— Tu m'intrigues. Qu'est-ce que ces livres ont de si exceptionnel?

— Ce sont les meilleures œuvres érotiques et licencieuses. Celles-ci ne constituent qu'une partie de ma collection. Le principal est dans ma maison de Paris.

— Oh! Tu t'intéresses aux livres cochons!

— Cela te choque?

— Oh, il m'en faut davantage! Simplement, je ne pratique pas ce genre de littérature.

— Je suis sûr que ça te plairait. Tu peux les feuilleter, certains sont très bien illustrés. Tous les artistes dignes de ce nom se sont exercés, un jour ou l'autre, au dessin érotique. L'écrivain Roger Peyrefitte possédait une des plus belles collections du monde d'art érotique : des tableaux, des sculptures, des objets.

— Il y en a tant que ça?

— Bien plus que tu ne crois et depuis les lointaines origines de la civilisation. Aucun peuple n'est resté vraiment en dehors. C'est bien compréhensible, quoi de plus universel que le sexe?

— J'aimerais bien contempler ces merveilles.

– Il ne tient qu'à toi. En 1978, quand Roger Peyrefitte a dû disperser sa collection aux enchères, j'ai pu acheter certaines pièces. Je les conserve à Paris. Je suppose que tu vas de temps en temps dans la capitale. Quand l'occasion se présentera, rends-moi visite. Je te dévoilerai les mystères horrifiques de mon musée très privé. Tu verras que l'imagination des hommes n'est jamais à court.

Lucie, montée sur une petite échelle pour atteindre le rayon supérieur, consultait les titres. Amaury lui caressait les jambes, grimpait jusqu'à la fourche qu'il taquinait comme s'il entendait reprendre bientôt leurs ébats.

Lucie feuilletait un roman abondamment illustré de vignettes suggestives dont la contemplation amenait à ses joues une belle couleur cramoisie. On y voyait des couples entrelacés dans toutes les postures. Les hommes arboraient des appendices énormes avec lesquels ils parvenaient à toutes sortes de variations. Quant à leurs compagnes, elles rivalisaient de polissonneries.

Ce qui intriguait le plus la jeune fille, c'était de voir ses sœurs engloutir ces engins redoutables dans leurs bouches largement ouvertes. Une photographie représentait même l'une d'entre elles occupée à s'en fourrer carrément deux. Du liquide suintait de la commissure de ses lèvres et lui glissait dans le cou. Ses yeux chavirés exprimaient d'indicibles délices.

Lucie n'avait pas encore tenté cet exercice. Elle s'interrogeait. Saurait-elle dominer sa répulsion pour sucer la tige turgescente d'un solide gaillard comme le faisaient ces femmes? Elles semblaient s'en délecter. Quel plaisir trouvaient-elles à lécher ce formidable sucre d'orge? Elle sentait monter en elle une sorte de dégoût. Cependant, dans le même temps, cela l'attirait inexplicablement. Elle éprouvait à la fois la force et la fragilité du sexe, le sentait impérieux et docile, féroce et doux. Il s'agissait de l'apprivoiser, de se servir de lui en le servant. A considérer les photographies, elle apprenait beaucoup de choses, en entrevoyait une infinité d'autres, encore nimbées de leur mystère, celui qui demeure toujours autour de l'amour, ce qui en fait certainement le prix.

— Amaury, demanda-t-elle d'une voix légèrement altérée, tu m'en prêtes un?

— Choisis celui que tu veux. Je te demande d'en prendre soin et de ne pas te le faire piquer.

— J'y veillerai.

— En tout cas, ne veille pas trop en sa compagnie, ces lectures creusent des poches sous les yeux.

— Tu es bête! Je veux simplement m'instruire. Toi, tu as l'air d'aimer ça.

— Plutôt. Et j'ai commencé de bonne heure. Mon père possédait déjà une bibliothèque fournie à laquelle je rendais de fréquentes visites à son insu. J'ai découvert de la sorte pas mal de chefs-d'œuvre interdits et commencé à paver mon enfer de bonnes intentions. Depuis, je n'ai plus cessé. L'érotisme me passionne. C'est une dimension essentielle. Je plains vraiment les gens qui restent en dehors. Ils passent leur existence à côté d'une richesse sans égale. Car l'esprit y a sa part. Il ne s'agit pas de lâcher la bride au cochon qui sommeille, de se comporter comme un animal grossier, d'aimer au niveau primaire. Non! cela, au contraire, va très loin. C'est un fait de civilisation. Exactement comme pour la gastronomie. D'ailleurs, on pourrait sans ridicule parler de gastronomie amoureuse.

— Agréable façon de se mettre à table. Nappe et drap, même combat!

— Si tu veux. En amour, il y a des goinfres, des gourmands et des gourmets. On emploie le terme « appétits » pour désigner les désirs, n'est-ce pas? Céder à ses appétits... quel programme!

Lucie tourna une page. Cette fois, un gros plan montrait une pénétration côté jardin. Seul émergeait encore un morceau de tringle à l'extrémité de laquelle pendaient les sacs boursouflés. Une main féminine écartait les valves de son coquillage rosâtre où perlait le petit bouton nacré. Sa cuisse, dont on ne distinguait que le départ, était gainée d'un bas résille noir maintenu par un porte-jarretelles de la même couleur. Tout le reste des personnages se trouvait escamoté. Ils n'existaient que par leurs sexes soudés.

Elle referma le livre, le remit en place sur le rayon de la bibliothèque, en chercha un autre. Elle lisait des titres dont certains lui étaient connus et d'autres non : *Le portier des chartreux*, *Histoire d'O*, *Justine*, *Le paysan perverti*, *Emmanuelle*, *les Poésies libres* de Guillaume Apollinaire, *Partie fine*, *Une joyeuse famille*, *Amours interdites*, *Variations pour le plaisir*, *Un week-end chez Saga*, etc...

Tant de richesses lui brûlaient les doigts. Lucie hésitait.

– Que me conseilles-tu? demanda-t-elle.
– De prendre ce qui t'accrochera. Dans

cette matière, il faut faire confiance à son instinct.

Lucie eut une drôle de petite moue.

– Je vais donc me débrouiller comme une grande, faire confiance au hasard.

Elle tira un bouquin.

– J'emporte celui-ci.

C'était *Les cavales en folie* de Jean Lecric, un polygraphe célèbre pour son style coruscant et son imagination lubrique. Chacune de ses histoires faisaient fantasmer longtemps ses lecteurs, lubrifiant opportunément leurs relations.

Quand Amaury l'eut consulté, il déclara qu'il connaissait l'auteur pour l'avoir rencontré plusieurs fois chez des amis.

– Oh! s'écria Lucie, j'aimerais bien connaître un écrivain érotique comme lui. Ce doit être excitant!

– Pour les oiselles de ton espèce, sans doute, car celui-ci, je te prie de le croire, ne boude pas la minette. A croire qu'il n'écrit jamais que sous la dictée de sa mémoire.

– Ce doit être épuisant.

– C'est ce que je lui ai dit à l'occasion.

– Et qu'a-t-il répondu?

– Que tout métier a ses exigences et requiert certaines qualités. En l'occurrence, il se sentait parfaitement adapté au sien et, en aucune façon, il ne se plaignait du surmenage.

– Diable d'homme!

– Tu sais, les écrivains sont toujours un peu sorciers. Ce qui explique tout.

– C'est égal. Si l'occasion se présente, j'aimerais bien le connaître.

– Je te le promets. Tu verras, ce forçat de la page blanche est aussi galant homme que fringant cavalier.

Plus tard, lorsque Lucie s'en était allé, son livre sous le bras, la tête pleine d'idées bizarres, la nuit enveloppait la côte. Une nuit d'un bleu profond, toute criblée d'étoiles.

CHAPITRE V

Le lendemain, Amaury devait aller à Grasse où l'attendait un architecte avec qui il avait à discuter d'un nouveau lotissement. Dans une zone de pinèdes déboisées, s'édifierait bientôt un village de style provençal pour touristes fortunés. Une campagne publicitaire dûment orchestrée vanterait la qualité de l'air, la durée de l'ensoleillement, la proximité de la mer, le luxe et l'abondance des équipements collectifs. On soignerait la maison modèle. Avec cette poudre aux yeux, les gens ouvraient leurs carnets de chèques et signaient.

Amaury aimait à se rendre sur les chantiers. Homme de terrain, il savait discuter avec les ouvriers, comprendre le travail, mettre la main à la pâte. Il parcourait la campagne à grands pas, jugeant d'un coup d'œil. L'odeur du ciment se mêlait aux senteurs des pins, du thym et du romarin. La nature cédait devant l'activité des hommes. Amaury déployait sur des terres mortes l'éventail de la vie.

L'aspect simpliste de ces visions ne gênait pas Amaury, imperméable à la métaphysique. Il disait : « J'ai trop de soucis pour me casser la tête avec ces sornettes bonnes pour les intellectuels en chaise longue. Moi, je suis à pied d'œuvre. Je travaille dans la pierre et dans la brique. Je connais le poids du fric, le prix de la sueur. Tout le reste est littérature! »

Le lotissement de Grasse se nommait *La Soleillade*, ainsi baptisé pour le pouvoir de suggestion : soleil et œillade, mi-soleil, mi-sexe. Il s'agissait d'une sorte de club où les privilégiés s'en donneraient à cœur joie, le reste à l'avenant.

A l'entrée de *La Soleillade* se dressait une élégante baraque peinte de couleurs vives, à l'intérieur de laquelle siégeait une blonde pulpeuse remplissant le rôle d'hôtesse. Elle renseignait les gens, distribuait la documentation, guidait les intéressés jusqu'à la villa-modèle pour la leur faire visiter.

Elle se prénommait Monique. Amaury l'avait choisie lui-même, non sans arrière-pensée, parmi plusieurs candidates. Il avait eu la main heureuse dans tous les sens du terme. La jeune femme, peu farouche, joignait à la beauté compétence et conscience professionnelle. Une perle. Pour peu que le destin l'y aidât, elle irait loin, car ce modeste emploi ne convenait pas à tant de qualités. Aussi Amaury se disposait-il à épauler le destin.

Depuis l'ouverture du chantier, il ne manquait jamais de s'arrêter à la petite cabane pour rendre visite à la belle hôtesse. Cependant, il passait là en coup de vent, toujours pressé par ses affaires. Les circonstances n'avaient pas encore permis que leurs relations prissent un tour plus intime. Mais l'un et l'autre le désiraient également.

Monique répondrait à ses avances. De cela, Amaury ne doutait pas. Il suffisait de considérer de quelle façon elle le regardait et les attitudes qu'elle prenait en sa présence. Le fait qu'il soit un grand ponte plein aux as s'ajoutait à son charme viril.

Aujourd'hui, entre Monique et lui, s'interposait la jeune Lucie dont il étanchait les premières ardeurs. Quoique la fonction d'initiateur ne lui convînt guère, le souvenir de leur étreinte travaillait sa mémoire. L'élève manifestait des aptitudes telles qu'il s'attachait à elle, languissant de la serrer de nouveau dans ses bras. Cependant, il se méfiait. Il ne se donnerait pas le ridicule de s'amouracher au point de compliquer son existence. La guimauve sentimentale l'écœurait. Homme de plaisir, il aimait en donner et en prendre, tout simplement.

S'il venait aujourd'hui à *La Soleillade*, c'était moins par nécessité professionnelle que par souci de contrebalancer grâce à Monique l'effet néfaste de Lucie. Pour se prémunir contre le danger d'une flamme naissante, il cherchait un contre-feu.

Quand il invita Monique à déjeuner dans un bon restaurant, celle-ci accepta sans se faire prier. Son éclatant sourire exprimait assez son bonheur. Pour la première fois, ils se trouveraient en tête-à-tête, disposant de plusieurs heures devant eux.

Ils allèrent au *Galoubet*, s'installèrent sur la terrasse ombragée, parmi le crissement des cigales.

Ils mordirent avec appétit dans les crudités et honorèrent selon son mérite une somptueuse terrine de lièvre. Monique ne chipotait pas devant les plats. Son coup de fourchette la servit auprès d'Amaury qui détestait les femmes incapables de se tenir correctement à table sous prétexte de ligne, de régime sain, ou de tout autre baliverne. Il tenait que la sensualité se manifestât là autant que dans le lit. Il se méfiait des mange-petit, des buveurs d'eau. Ces gens-là méprisaient la vie. Leur présence gâchait les plaisirs.

— Vous plaisez-vous à *La Soleillade*? demanda Amaury.

— En cette saison, c'est agréable. Il y a du monde. Je ne m'ennuie pas. Je n'aime pourtant pas la campagne. J'ai vécu de longues années à Paris.

— Pourquoi en êtes-vous partie?

Elle esquissa un geste vague.

— Les circonstances... Mes parents... Dans la vie, on ne fait pas toujours ce qu'on veut.

— Pardonnez mon indiscrétion.

— Il n'y a pas de mal. Simplement, je n'aime pas revenir sur certaines choses. Quand mes parents ont divorcé, ma mère est retournée à Antibes, où elle est née. Je l'ai suivie.

— Vous avez souffert de cette séparation?

— Oui, surtout au début. Après, l'on s'habitue. Un nouveau cadre. De nouveaux visages.

Amaury songea à son propre divorce.

— Le soleil arrange bien les choses, fit-il.

Elle rit.

— Oui. Le soleil, la mer, le ciel bleu, toute la panoplie des vacances.

Le serveur apporta un gigot d'agneau accompagné de ratatouille niçoise. La viande, pas trop grasse, délicatement aillée, fondait dans la bouche. La ratatouille, longtemps mijotée, mariait la saveur des légumes. Ils buvaient un vin couleur de rubis. Les yeux bleus de Monique brillaient. Amaury ne pensait plus à Lucie. Il admirait l'opulente chevelure de sa compagne, l'ovale du visage, la bouche charnue aux lèvres nettes, le cou délié sur les épaules rondes, bronzées. Peu à peu, le désir s'insinuait dans ses veines. Il avait un début d'érection.

Monique portait un pull maillot blanc dont les emmanchures très échancrées et le V profond du décolleté mettaient en valeur les seins. Elle n'avait pas de soutien-gorge et l'on percevait leur mouvement souple quand elle bougeait. Le pull, retenu par une ceinture marine, descendait sur le *jean* jusqu'à mi-hanches. Un collier également marine, et de lourds bracelets blancs complétaient sa parure.

— Vous savez, dit Amaury, je demeure à Paris la majeure partie de l'année. Si vous souhaitez y retourner, je pourrais arranger ça.

— Merci. Je ne dis pas non.
— Vous n'avez pas d'attaches ici?
Elle hésita.
— Pas vraiment.

La réponse satisfaisait Amaury à moitié. Il sentit une pointe de dépit et se jugea stupide. Que lui importait que Monique ait ou non une liaison? Des tas de gars tournaient sans doute autour d'elle. Elle était libre d'agir à sa guise, de s'envoyer en l'air avec qui lui plaisait.

Après le repas, comme le bureau n'ouvrait qu'à seize heures, ils se promenèrent dans la pinède. Amaury, un bras passé autour des épaules de Monique, la serrait contre lui.

※※

Ayant refusé d'accompagner ses parents chez des amis, Lucie se trouvait seule à la maison. Etendue sur la loggia, dans un bikini minuscule, elle se dorait au soleil tout en lisant un ouvrage érotique prêté par Amaury.

Elle l'avait dissimulé soigneusement car si ces vieux venaient à dénicher ce genre de littérature dans ses affaires ils lui feraient une scène effroyable. Depuis qu'elle s'émancipait, les heurts se multipliaient. Cela devenait invivable. Ils se comportaient en bourgeois empêtrés de conventions, incapables de comprendre son désir de vivre sa vie. Le monde tournait dans le sens inverse de leurs aiguilles. S'ils ne remettaient pas leur montre à l'heure, Lucie s'en chargerait.

L'histoire qu'elle lisait se déroulait dans un night-club de Copenhague, dans ces rues chaudes vouées au sexe, où l'incroyable devient quotidien. Une girl, vêtue d'un négligé noir, accomplissait avec beaucoup de lubricité un numéro d'effeuilleuse devant un public restreint, mais trié sur le volet. Le narrateur décrivait avec une minutieuse complaisance tous ses gestes, et les réactions des spectateurs. Il choisissait des métaphores suggestives qui enflammaient l'imagination, installaient le désir dans les veines.

Dans cet état, Lucie affrontait la solitude comme une épreuve. Maintenant qu'elle connaissait les jouissances prodiguées par le mâle, elle ne se contentait plus des palliatifs. Elle soupirait, languissant après de belles tiges roides, génératrices de voluptés.

Justement, le chapitre dépeignait deux marins que la vue de la strip-teaseuse régalait au point que leurs mâts de misaine pointaient vers le grand large. Le pont de leurs pantalons abaissé, ils s'occupaient activement de le polir. Cette ardeur martiale plongeait Lucie dans une excitation intense. Quant, s'arrêtant de lire, elle fermait les yeux, elle voyait distinctement les tiges superbes, les doigts coulissant autour, les gros bourgeons de chair dont la nuance virait au violine sous l'afflux du sang. Les images, les mots se bousculaient dans sa tête, la laissant abasourdie, tempes battantes. Peu familière de ce genre d'ouvrages, jamais elle n'aurait pensé qu'on pût en espérer de tels effets sur les sens.

Mais toutes ces lignes noires d'où naissait la folie ne les apaisaient pas. Elles constituaient une sorte de tremplin qui vous laissait sur le vertige. Aussi Lucie n'éprouvait-elle plus l'envie de lire mais, simplement, de permettre à l'histoire de se dérouler en elle, de l'alimenter selon son humeur, d'y introduire ses propres fantasmes. Elle cédait aux vices les plus honteux, se plaisant à croire que ce qu'elle accomplissait fictivement, elle le connaîtrait un jour dans la réalité. Elle se plairait alors à choquer les pudibonds, les arriérés, braverait tous les tabous, tous les interdits.

Pour l'instant, sans se soucier de l'éventuelle présence de voyeurs à proximité de la loggia, l'adolescente écartait les cuisses et, glissant la main sous le tissu du bikini, s'aventurait à la recherche du plaisir.

Son coquillage, valves béantes, exsudait l'intime liqueur. Ses doigts s'activaient autour de son avidité. Elle soupirait, insatisfaite. Il lui fallait l'intervention d'un membre qui la fourre sans ménagement, l'asticote d'un rythme effréné, sans interruption, comme une bielle mécanique, qui la fasse reluire comme une pièce d'or à l'effigie de Vénus, un grand soleil de chair.

La pente naturelle de sa pensée la conduisait vers Amaury. Elle revivait les folies de la journée précédente, toutes les étapes de sa défloration, les minutes d'extase qu'elle avait traversées quand, grâce à lui, le mascaret de l'orgasme avait déferlé sur elle. Ayant tâté du loup, elle ne pourrait plus s'en priver. Pour l'avenir, elle se promettait d'infinies largesses avec cet animal injustement décrié.

Lucie revint à son roman, tournant hâtivement les pages pour trouver une séquence croustillante.

A cet endroit, des spectateurs éméchés lutinaient la serveuse. Ils lui pelotaient la poitrine, puis la croupe à travers le tissu de sa courte robe noire. Retroussant celle-ci, ils farfouillaient au-dessous, tirant sur les fermetures, les bretelles, en proie à une fureur destructrice, jusqu'au moment où le vêtement déchiré libérait enfin les trésors convoités, vers lesquels ils se précipitaient aussitôt, rivalisant d'avidité. L'un, fourrant à la fourche une main impérieuse, investissait la corolle. Tel autre s'attaquait aux belles fesses rebondies. Un troisième s'occupait des seins, durs, arrogants sous l'assaut bestial. Il les suçait tour à tour, mordillait le mamelon granuleux, prodiguant à la chair sensible d'habiles petits coups de dents. Dans le réseau de leurs caresses, la soubrette pantelait. Un râle s'échappait de ses lèvres. De longs frissons agitaient son corps d'esclave vouée au plaisir.

Sur la scène, pendant que s'accomplissait cette forfaiture, un sketch lubrique présentait deux lesbiennes en proie à leurs démons, tandis qu'un jeune voyou, à l'abri d'un étendage propice, reluquait leurs ébats. Ce rôle passif ne convenant guère à sa robuste constitution, il entrait bientôt dans la danse avec une vigueur de nature à combler les deux filles.

Ainsi l'ouvrage se développait-il d'étreinte en étreinte, épuisant toute la gamme des combinaisons possibles entre les sexes. L'auteur ne trempait point sa plume dans de l'eau de rose. Les termes les plus crus sautaient aux yeux de Lucie qui se prenait à rougir jusqu'à la racine des cheveux. Elle affrontait les sortilèges du vocabulaire, faisait l'apprentissage de ses pouvoirs. Elle ne connaissait pas encore la force des mots échappés de la bouche dans le paroxysme des ébats, quand la volonté ne parvient plus à réprimer les plus grossiers, quand l'ordure seconde en soi l'animal pour de plus intenses jouissances.

Sous le fragile slip, les doigts de Lucie accentuaient leur pression autour du bouton turgescent vers lequel affluaient toutes les ondes annonciatrices de l'orgasme. Les yeux mi-clos, la bouche entrouverte sur son souffle rauque, tout le corps bandé, Lucie se soulevait au-dessus d'elle-même. Soudain, ce fut l'explosion. Des myriades d'étoiles éclatèrent dans sa tête en un bouquet libérateur, et elle ne sut plus où elle était.

※※

Là-bas, dans la pinède, près de *La Soleillade*, Monique s'appuyait contre le tronc d'un arbre, les reins creusés, offrant à la virilité tendue d'Amaury sa somptueuse croupe dénudée. Celui-ci caressait de son dard le sillon duveteux au milieu duquel s'écartait l'œillet tentateur.

– Ne me fais pas languir, suppliait Monique, le regard chaviré.

Doté d'un tempérament généreux, la jeune femme ne supportait pas d'être privée plusieurs jours. Or, les circonstances voulaient qu'Amaury la prît après une trop longue période de chasteté. Elle désirait rattraper le temps perdu.

– Prends-moi! Viens!

Elle remuait son postérieur pour l'appâter et, ce faisant, elle sentait plus nettement encore le délicieux contact du poignard qui s'enfoncerait bientôt dans la braise de son conduit.

De son côté, Amaury ne pouvait plus tenir. Il écarta les fesses de la jeune femme et s'introduisit brusquement en elle, lui arrachant un cri de joie.

Tandis qu'il s'activait à cet endroit, Amaury fit glisser les mains vers le sexe de Monique afin d'investir le petit bourgeon réceptif. Sa monture trembla alors de toute sa chair. Elle se cambra, poussant au devant de lui, comme une pouliche en rut. Elle geignait doucement et cette musique montait agréablement aux oreilles de son bienfaisant tortionnaire.

Celui-ci retenait ses forces comme il pouvait. Mais l'excitation était trop intense. Il se répandit au moment où Monique clamait sa jouissance.

Essoufflés, le corps ruillelant de sueur, mais non encore rassasiés l'un de l'autre, ils s'abattirent sur le sol.

SECONDE PARTIE

L'ART DE LA FUGUE

CHAPITRE VI

Un matin, comme elle se rendait à la plage, Lucie trouva dans la boîte une lettre de Solange, la première depuis leur séparation. Son amie se plaignait de l'incompréhension de ses parents. Ils la réprimandaient pour des vétilles. Leur étroitesse d'esprit, leurs mœurs austères, la mettaient au supplice. Elle ne les supportait plus. « Si je reste avec eux, je finirai au cabanon, avec les dingues », écrivait-elle.

Ce désarroi touchait Lucie. Que pouvait faire Solange sinon patienter? Rêver aux fastes de Dyane de Commercy en rongeant son frein? Solange était depuis toujours en butte à ses parents. A la pension, elle racontait déjà avec amertume et révolte leurs démêlés. Le temps n'arrangeait rien, car son amie aspirait à la liberté avec tant de force qu'elle était désormais prête à tout pour s'affranchir de leur tutelle.

Lucie, quoique surveillée, ignorait les problèmes de cet ordre. On ne lui laissait pas entièrement la bride sur le cou mais, avec intelligence, on la tenait lâche. Cette méthode portait ses fruits. Cependant, si les parents de Lucie découvraient sa liaison avec Amaury, ils en changeraient peut-être.

Elle n'avait pas revu celui-ci depuis son départ pour Grasse et il commençait à lui manquer. L'homme lui plaisait. Elle goûtait auprès de lui la sécurité. L'évocation de leurs joutes amoureuses la bouleversait. Le seul fait d'y songer rendait l'absence cruelle. Car, elle devait se l'avouer, c'était moins son cœur qui languissait que son corps. Par un symptôme caractéristique, quand elle pensait à lui, elle le voyait nu, avec son appendice bandé, magnifique de force, de promesse.

Amaury rentrerait sans doute dans la soirée. Elle irait le retrouver dans son appartement et ils feraient l'amour. Peut-être resterait-elle toute la nuit... D'ici là, une large plage de temps s'étendait. Il lui restait à s'affaler sur le sable comme de coutume, grillant au milieu de ses semblables, dans le monotone farniente de l'été.

Plusieurs fois, elle se trempa dans les eaux tièdes, nageant quelques brasses paresseuses avant de s'allonger de nouveau. Elle fermait alors les yeux et poursuivait sa méditation.

Sa rencontre avec Amaury s'était produite au bon moment. Elle trouvait en lui un guide averti, capable de l'aider dans une étape délicate de son existence. Entre ses bras, elle venait de découvrir un bonheur réduisant à des enfantillages ses expériences passées. Le plaisir connu avec Solange ne soutenait pas la comparaison avec celui-ci. Il n'en avait été que le simulacre.

Cela ne signifiait pas qu'elle refuserait de s'adonner désormais aux échanges saphiques. Elle conservait de ceux-ci un souvenir d'autant plus ému qu'il s'y mêlait de l'amitié. Le grain d'un épiderme féminin, les gestes, les caresses, les délicates attentions, elle savait ne pas les retrouver dans l'étreinte d'un homme. Mieux valait conjuguer les deux, s'abreuver à toutes les sources du plaisir.

Dans le bouquin de la veille, une insatiable rousse jouissait de deux redoutables bandeurs appliqués à la satisfaire par tous les orifices. Infatigables, ils accomplissaient leur besogne. A un moment, ils l'entreprenaient conjointement du côté pile et du côté face. Chavirant entre leurs corps soudés, la rousse clamait sa reconnaissance.

Ses gémissements décuplaient le zèle de ses partenaires. Le narrateur écrivait qu'elle éclatait littéralement. Lucie s'attardait à l'évocation des tisons qui labouraient ses conduits, la ravivaient à chaque pénétration, relançant l'incendie bienfaisant qui la ravageait. Tout cela repassait dans la tête de la jeune fille tandis qu'elle s'offrait aux baisers du soleil.

L'ouvrage comportait plusieurs illustrations, d'une extrême crudité. L'une représentait une brune assez vulgaire accroupie sur une peau de tigre. Un géant barbu, cramponné à ses hanches, lui perforait la nature, tandis qu'un second partenaire, disposé devant son visage, fourrait entre ses lèvres distendues un énorme braquemart.

Cette image surtout obsédait Lucie. Elle ignorait le goût du sexe de l'homme, n'ayant pas encore pratiqué de fellation. Mais la curiosité l'en démangeait. Elle se promettait de tenter bientôt l'expérience. Il fallait tout connaître et le plus tôt possible serait le mieux.

Elle trouvait très agréable d'être ainsi, presque nue, au milieu de tant de monde, et de se sentir travaillée par une si furieuse envie de jouir. Ah! si quelques-uns de ses voisins avaient eu la faculté de lire dans ses pensées, il s'en serait passé de sévères sur cette plage!

Elle se plut à imaginer cela. Un premier individu, s'enhardissant, s'approcherait d'elle, commencerait par la dévorer du regard, puis se déciderait à toucher sa peau, à la caresser au niveau des épaules, du cou, descendant doucement vers le buste, tandis qu'elle demeurerait figée, comme clouée au sol, sans pouvoir réagir à l'agression, y puisant même une trouble satisfaction. Elle ne concevait pas le visage de l'homme, mais, bizarrement, toutes les sensations lui devenaient perceptibles. C'était comme si les événements se produisaient dans la réalité. Entre le rêve et celle-ci la marge devenait très étroite. Elle ne savait plus très bien de quel côté elle se trouvait.

Après, d'autres inconnus venaient vers elle, s'agglutinaient autour de son corps, en prenaient possession avec des gestes impérieux qui lui faisaient mal. Elle souffrait sous leurs doigts pressés. Puis on lui relevait les cuisses et un cylindre volumineux forçait l'entrée de son sexe. Il n'en finissait pas d'aller et de venir en elle. Elle aurait voulu se débattre, appeler au secours, mais aucun son ne sortait de sa bouche. D'ailleurs, celle-ci se trouvait bientôt investie par une verte tige qui glissait le long de sa langue, collait à son palais un bourgeon tiède. Quand elles avaient craché leurs flots, d'autres les remplaçaient. Et ainsi de suite, en une série jamais interrompue.

Son corps était tout endolori. Les os de son crâne éclataient. Cependant, au fond de sa torpeur, elle ne pouvait réfréner une sorte de bonheur inexplicable.

« Je suis folle de penser à ces choses! » se dit Lucie.

D'un bond, elle se mit sur ses pieds et fila vers la mer se nettoyer de tant de souillures.

※※※

On ne se rassasiait jamais du somptueux spectacle de la Croisette tout illuminée. De luxueuses voitures glissaient silencieusement sur l'asphalte. L'entrée des palaces rutilait de mille feux auxquels répondaient, dans un bleu profond et sombre, les constellations.

– Quelle nuit magnifique! s'exclama Amaury.

Il montait de la mer des bouffées d'air tiède, empreint d'odeurs salines. Il aimait cette heure, cet équilibre. Dans l'obscurité trouée de lueurs, une vie secrète s'organisait. Les joueurs allaient bientôt gagner le Casino. Dans les yachts, on versait des cocktails. On dansait dans les boîtes à la mode. Une poignée de privilégiés assistaient à une soirée de gala au *Palm-Beach*. Dans les appartements cossus de la promenade, des gens respiraient comme lui l'air de la nuit en regardant palpiter les lumières. Tout était en ordre. Il se sentait bien.

Il serrait Lucie contre lui. Elle avait sonné à sa porte sur le coup de huit heures et n'avait pas voulu repartir.

– Et tes parents?

Elle avait haussé les épaules :

– Je m'en fiche!

– Ce n'est pas très sérieux...

– Je n'ai aucune envie d'être sérieuse. J'ai envie de faire des folies.

– Diable!

– C'est pour ça que je suis ici. Je ne m'en irai pas. Tu ne te débarrasseras pas de moi comme ça.

– Je suis très heureux que tu sois là.

Il l'avait enlacée. Elle tremblait entre ses bras. Sa bouche était chaude et sucrée. Son corps pesait contre le sien. De temps à autre, de courts frissons la parcouraient.

– Qu'est-ce que tu as fait à Grasse? demanda-t-elle.

— Je t'en fais grâce.
— Non, ne plaisante pas. J'aimerais savoir. Je suis curieuse de toi, tu sais.

Il la regarda dans les yeux avec une moue ironique, balançant s'il devait ou non dire la vérité. Il n'avait pas été question d'amour entre eux. Le rôle d'initiateur lui suffisait. De son côté, Lucie ne lui avait pas cédé poussée par la pression, mais avec une froide décision. Il était entré dans sa vie au bon moment. Un autre eût aussi bien fait l'affaire.

— Si tu ne me dis pas, je boude, fit-elle.

Le rôle d'un initiateur ne se limitait point aux leçons d'amour. Tout ce qui entourait l'acte physique entrait dans sa compétence. Il fallait non seulement tenir compte de la psychologie, de la sensibilité, mais les préparer à une évolution sans laquelle l'individu demeurait en friche. Par exemple, il convenait que Lucie apprît à n'être point jalouse, qu'elle consentît au partage et sût trouver en celui-ci de plus amples félicités. Aimer pour soi était une attitude périmée. Cela manquait de générosité et de jugement. On ne devait pas chercher à s'approprier un être, à régner sur lui. Séparer l'ordre des sens de celui du sentiment s'apprenait aussi bien que la table de multiplication. Alors, on savait évidemment mieux compter sur soi et sur les autres.

Soudain, sans cesser d'enlacer Lucie, il se décida :

— A *La Soleillade*, j'ai fait l'amour avec une charmante fille, déclara-t-il.

— Menteur! Tu dis ça pour m'éprouver.

— Pourquoi le ferai-je? Je n'ai pas honte de la vérité. Elle est ce qu'elle est. Il n'y a pas de quoi fouetter un chat.

Elle resta un instant interloquée.

— Et tu m'annonces ça froidement, articula-t-elle.

— Comment veux-tu que je te le dise? C'est une chose simple qu'il convient de dire simplement.

— Toi, alors, tu m'en bouches un coin! Quel cynisme!

— Mais non! Mais non! Il faut que tu comprennes.

— Je crois bien que j'ai compris. Tu es un fichu salaud, pour ça, oui!

Elle fit mine de rafler ses affaires pour vider les lieux au plus vite. Mais il la retint par le bras, en souriant de sa mauvaise humeur.

— Ne prends pas ces choses au tragique. Ça n'en vaut pas la peine. Je t'assure. Il y avait à Grasse une femme qui me plaisait et à qui je plaisais. Nous avons pris un peu de bon temps ensemble. Il n'y a rien à ajouter.

— Je trouve ton calme... comment dire?... extraordinaire... *impensable*...

— Mais non, ma biche, tu n'y es pas du tout. Tu dramatises parce que, dans la vie, tu n'as pas encore compris certaines choses.

— Il y a des moments où l'on n'a pas envie de comprendre.

— Ma parole, tu me fais une scène! Ce n'est pas sérieux, voyons.

— Alors, qu'est-ce qui l'est?

— Que nous soyons là, tous les deux, que tu me plaises, que je te désire, que tu aies envie que je t'aime.

Hésitante, elle tournait en rond dans la pièce. Il se dit justement que si elle n'était pas partie tout de suite elle ne partirait plus.

— Viens t'asseoir près de moi, dans ce fauteuil, et parlons.

Elle obéit.

Si Amaury voulait parler, c'était avec les mains. Il entreprit de débarrasser la jeune fille de tous ces vêtements inutiles afin d'en user à son aise. Il ne se pressait pas cependant car le dévoilement progressif de ses charmes lui procurait l'occasion de les admirer. Il voulait repaître ses yeux de tous ces trésors juvéniles qui s'offraient à lui. Parfois, il plongeait le visage vers le cou, les épaules, le buste, et appliquait ses lèvres sur la peau dénudée, sa langue suivait d'affolantes rondeurs. Il percevait le jeu des muscles fermes se contractant sous la caresse.

Lucie, que deux jours d'abstinence, agités par des imaginations lubriques, avaient disposée aux embrassements les plus fougueux, s'abandonnait avec reconnaissance à ses doigts habiles. Quand les lèvres d'Amaury effleuraient une zone particulièrement sensible, elle le lui faisait savoir par une plainte langoureuse.

– Je suis heureuse, disait-elle. Tu m'as manqué.

Il ne répondait pas, continuant de capricieux itinéraires sur son corps maintenant entièrement nu.

L'émoi envahissait la jeune fille. Des gouttes de sueur perlaient sur son échine. Elle sentait son calice s'humidifier. Elle ne contiendrait plus longtemps une telle tension.

Cependant, Amaury se dévêtait à son tour. Fascinée, Lucie contemplait sa verge dressée.

Une idée traversa sa tête. Elle passa une

langue gourmande sur ses lèvres charnues.

Comme Amaury s'approche, elle s'empare de lui, le flatte doucement de la main. Sans lâcher prise, elle l'attire vers elle, avance la tête, darde la langue, lèche de la pointe la hampe gonflée de sève, partant des bourses et remontant doucement, doucement, avec des oscillations de serpent, jusqu'au gland. Et puis redescendant pour recommencer.

Pour mieux se concentrer, elle a fermé les yeux.

Les mains posées sur sa nuque, Amaury la laisse faire, l'encourage. Elle s'applique. Il faut aider les bonnes volontés, favoriser les talents.

Lucie continue de lécher, mais elle hésite encore. Cette énorme chose, comment tiendrait-elle dans sa bouche? Pourtant, elle a envie de la prendre. Plus elle passe la langue dessus, plus elle sent cette chaleur enivrante, plus elle éprouve le désir de l'absorber.

A la fin, s'enhardissant, elle ouvre les lèvres et, d'un coup, fait pénétrer entre elles le colossal curseur.

Amaury laisse échapper un gémissement de plaisir. Ses doigts se crispent dans les cheveux de Lucie.

Alors, celle-ci, comme prise de folie, se met à le sucer goulûment. La brutalité des coups l'étouffe un peu, mais elle continue, accélérant le rythme, sentant dans sa bouche le membre augmenter encore de volume et s'émerveillant que cela soit possible.

Sentant venir l'orgasme, Amaury griffe sauvagement la nuque de la jeune fille. Il veut se retirer mais elle l'en empêche. Au même instant, elle a un haut-le-cœur : Amaury, incapable de se retenir plus longtemps, se répand à longs flots.

CHAPITRE VII

Le camping des *Cigalons* occupait une large étendue de pinède en bordure de la mer. Il y régnait une accumulation de monde époustouflante. Toute l'Europe nomade s'était donné rendez-vous là pour se confronter dans des négligés pittoresques. Tentes et caravanes se pressaient les unes contre les autres. Les transistors rivalisaient. On entendait pleurnicher des mioches. Des anatomies impeccablement bronzées s'exposaient à côté de peaux maculées de coups de soleil. C'était le grand circus saisonnier, la foire aux vacanciers, la cohue des loisirs payés, le spectacle d'un monde qui se donnait l'illusion de la liberté à l'intérieur d'un périmètre clôturé. Pourvu que les gens puissent faire trempette dans la grande bleue et se calciner l'épiderme sous les feux de Phébus, ils oubliaient tout.

Solange venait d'arriver aux *Cigalons*, accompagnée de deux garçons barbus répondant aux noms de René et de Georges. Ils avaient fait du stop jusque-là, avec plus ou moins de chance car, depuis quelque temps, les gens y regardaient à deux fois avant de vous prendre. Il y avait eu des abus. Certains avaient subi des agressions. Et tout ça aboutissait à casser le travail. Pourtant, comme Solange et ses amis voyageaient avec un pécule à peine suffisant pour la subsistance, ils étaient bien obligés de compter sur l'amabilité des automobilistes. Ils avaient tout de même eu un coup de pot à Lyon où un camionneur allant jusqu'à Toulon les avait embarqués.

En fait, ils se méfiaient car Solange avait quitté le domicile paternel sans crier gare, en emportant juste quelques nippes et ses économies, plus un supplément raflé au dernier moment dans le sac de sa mère. Elle ne pouvait plus respirer chez elle. L'appel de la liberté était trop fort. L'occasion s'était présentée quand elle avait fait la connaissance de René et de Georges, au bistrot du village. Ils descendaient vers la côte. Elle avait dit : « Banco, si vous voulez de moi, je pars avec vous ». Comme elle était gironde et pas farouche, ils avaient accepté. C'était une bonne affaire. La suite devait le démontrer.

Au début, ils avaient voyagé en copains. Solange servait d'appât. C'est elle qui, la plupart du temps, levait le pouce pour amadouer les conducteurs, toujours sensibles à la vue d'une jolie fille sur le bord de la route. Quand ils remarquaient les deux gars, ils fronçaient bien un peu le nez mais, s'ils s'étaient arrêtés, ils les prenaient quand même. C'était l'essentiel.

Au long du trajet, ils n'avaient pas fait de mauvaises rencontres. Rien que des types corrects. Une chance. Georges se souvenait d'avoir était pris un jour par une pédale qui lui avait fait ouvertement des avances qu'il avait repoussées. Il ne se résoudrait jamais à payer de ses charmes un tel droit de péage. L'autre, furieux, l'avait abandonné en l'injuriant sur le bord de la route, en pleine nuit. Comme l'endroit était peu fréquenté, il avait dû patienter en se gelant la fierté jusqu'à l'aube.

Heureusement, quelquefois, la chance tournait autrement. Il racontait volontiers une aventure survenue dans la région bordelaise. Une jeune femme seule l'avait pris à bord. Ils avaient parlé. Il avait vu qu'il lui plaisait. De son côté, il n'était pas insensible à ses charmes. C'était une blonde aux cheveux coupés court, avec des yeux noisette pleins de malice, et un nez gentiment retroussé. Ils avaient bu un verre ensemble à un troquet, sur le bord de la route, histoire de couper l'étape. Elle était V.R.P. et parcourait la Gironde pour placer des articles de Paris. Un article qu'elle n'avait sans doute aucun mal à placer, c'était elle. Georges l'avait embrassée, s'était permis quelques privautés sans essuyer de rebuffades. Le soir, à l'hôtel, ils avaient partagé la même chambre et là, il n'avait pas lésiné sur le tarif de nuit. Tous deux avaient fait leurs affaires jusqu'au petit matin et s'était quitté fort satisfaits l'un de l'autre. Georges aurait bien aimé prolonger des relations si bien commencées, mais la V.R.P. continuait sa tournée par un itinéraire différent du sien. Or, des amis l'attendaient, et il n'avait aucune envie d'en changer.

Avec Solange, les choses s'étaient passées le plus naturellement du monde. En partant ainsi, la jeune fille savait ce qui l'attendait. Les garçons ne tarderaient guère à vouloir la sauter. Comme elle avait le feu au bon endroit, elle s'y résignait de bon cœur... et du reste. D'ailleurs, ni Georges ni René n'étaient désagréables. Ils avaient des silhouettes longilignes, avec des muscles déliés, pas trop accentués.

Comme ses semblables, Solange ne montrait aucun goût pour les culturistes. Elle affectionnait le genre salsifis, poussé en graine, une sorte de médiocrité rassurante.

Georges venait de passer son bac C de justesse. Quant à René, il vivotait en première année de fac des lettres, essayant de décrocher ce qu'on nommait curieusement le DUEL. Mais il ne se sentait vraiment pas l'âme mousquetaire. Il avait envie de tout plaquer. Ce « littéraire » ne lisait rien, hormis des bandes dessinées, et les gros titres de *L'Equipe*. Dans ses études, il se bornait strictement au programme, rognant dessus et faisant des impasses. Si cependant, plus tard, il arrivait au bout, il enseignerait la langue française et la littérature à des potaches qui s'en moqueraient autant que lui-même. Racine, Rousseau, Stendhal, Hugo, Gide, Sartre, tous ces types-là, il les laissait dormir en paix. Comme bon nombre de ses copains, il avait échoué à la fac des lettres comme ça, après un bac A, parce qu'il ne savait pas quoi faire d'autre. Alors, il se laissait porter par le courant. Il verrait bien où celui-ci l'entraînerait. En attendant, il profitait de la vie sans se biler.

Dès le second soir, Solange avait dû

céder à ses compagnons. Ils se trouvaient dans un patelin, à proximité de Chalon-sur-Saône. Un agriculteur leur avait donné l'autorisation de dresser la tente dans un champ, en bordure d'un ruisseau commode pour la toilette. Ils auraient voulu dormir à la belle étoile pour éviter de défaire leur barda, mais le ciel maussade menaçait.

Après avoir saucissonné autour d'un feu de bois, ils s'étaient mis à chanter. Georges grattait passablement la guitare et raffolait de *folk song*. Solange, se laissant bercer par les airs mélancoliques, cédait au vague à l'âme. Elle regardait les nuages mauves glisser sous la lune, songeait à des monstres mystérieux, s'ouvrait à des pensées faciles. Elle savourait sa liberté toute neuve. Elle la respirait dans l'arôme de cette terre grasse et féconde. Elle lui trouvait un goût d'herbe acide.

Tandis que Georges chantait d'une voix râpeuse, René était venu se coller à Solange. Quelques agaceries pour se mettre en appétit, de ces mignardises qui disposent les sens, les amuse-gueule de l'amour. Passive, Solange s'abandonnait à ses mains, à sa bouche. Il lui semblait vivre des minutes irréelles. Rien de ceci n'était vrai. Elle allait se réveiller bientôt et se retrouver à l'austère table familiale où l'on mangeait avec sérieux des nourritures sages en conversant sans fantaisie.

Mais non, René investissait sa poitrine sous le *T-shirt*. Puis il débouclait la ceinture de son *jean* et s'apprêtait à le lui retirer. Elle avait un peu froid mais ne s'en plaignait pas. C'était bon cette fraîche humidité sur la peau tandis que son partenaire la gratifiait de brûlantes caresses.

Ils n'échangeaient pas une parole. La musique de Georges suffisait. Elle disait les choses mieux qu'ils n'auraient su le faire. Leurs gestes, lentement, s'enchaînaient, les acheminant vers l'issue depuis longtemps attendue.

Quand enfin René avait pesé sur elle, Solange avait simplement émis un petit gémissement de plaisir.

Elle lui savait gré de lui avoir fait l'amour sans précipitation, sans égoïsme, en prévenant son plaisir. Chez un garçon aussi jeune, c'était assez surprenant. Et elle le remerciait de cette délicatesse dans laquelle l'atmosphère créée par le *folk song* entrait sans doute pour quelque chose.

Ensuite, ils étaient restés côte à côte, se tenant par la main, avec la nuit d'été sur le visage.

Georges s'était arrêté de chanter. La campagne était pleine de bruits secrets, de craquements, de frottements, passages de bêtes, chuintement d'eau, souffle d'air dans les feuillages. Ils intégraient l'harmonie de la nature, se fondaient dans son équilibre, n'aspirant plus à rien. Ils devenaient parcelles de ce sol, agglomérés aux mottes meubles où s'effectuaient les grandes transformations végétales.

Au bout d'un moment, Georges s'était levé et, à son tour, il s'était allongé auprès de Solange. Inutile de lui faire un dessin : elle comprenait ce qu'il voulait. La jeune fille devait équitablement se partager entre les deux compagnons. Elle s'était donc coulée contre lui, disponible, offerte à ses caresses. Et il l'avait prise sur l'herbe, aussi simplement que René quelques minutes auparavant. Comme il était nettement mieux monté, il lui avait fait un peu mal. Mais, très vite, son sexe s'était dilaté et avait épousé le sien. Elle le sentait aller et venir en elle avec une netteté affolante, au point qu'elle n'avait pu réprimer le désir de le lui dire :

– C'est formidable comme je te sens. Je suis pleine de toi. Tu es long et dur. C'est délicieux.

– Prends ton pied, ma colombe.

— Au début, j'ai un peu souffert. Maintenant, je suis aux anges.
— Moi, en Solange...
— Idiot! Vas-y fort. Laboure-moi. N'aie pas peur. Je veux que tu me pénètres comme un épieu, que tu ailles tout au fond de moi, que tu me brûles le ventre... Ah!... Ah!... Comme ça... Oui... Comme ça...

La semence l'avait alors inondée de son baume et elle était retombée sur le dos, haletante, de la sueur aux tempes.

Plus tard, dans la tente, elle s'était couchée entre les deux garçons. Et ça avait recommencé. Ils se la passaient comme un relais. Georges avait même tenu à l'investir par derrière alors que René la besognait devant et, malgré ses protestations, ils l'avaient prise en sandwich. Elle avait connu alors des orgasmes successifs d'une intensité inouïe. Jamais elle n'aurait pu concevoir une chose pareille. Elle n'était plus qu'une chose pantelante entre leurs bras, ne vivant plus que par ces roides tiges qui la perforaient, allaient, à l'intérieur d'elle-même, à la rencontre l'une de l'autre, s'affrontaient dans ses entrailles, coup de boutoir après coup de boutoir. Elle dérivait dans une sensualité exacerbée, ne se reconnaissait plus. Le plaisir jaillissait de ses reins par spasmes répétés. Elle croyait que ce serait la dernière fois, l'ultime soubresaut, mais d'autres venaient encore, toujours et toujours. Solange avait connu sa nuit la plus chaude. Une nuit qui resterait éternellement gravée dans sa mémoire.

Au camping des *Cigalons*, le trio avait tout juste pu obtenir un périmètre exigu pour planter la tente. Ils disposeraient du minimum vital mais cela leur suffisait car ils ne moisiraient pas au camp. Ils souhaitaient les bonheurs de la plage et des boîtes, et visiter aussi les alentours immédiats. De plus, Solange avait son idée. Elle les avait entraînés là parce qu'elle savait y rencontrer son amie Lucie. Maintes fois, elle avait vanté les mérites de celle-ci aux garçons qui la pressaient maintenant de la leur présenter.

A droite, une confortable caravane abritait une famille belge : matrone opulente, au teint blafard, époux taillé dans le saindoux, avec de splendides coups de soleil sur les épaules, une nichée de quatre marmots frondeurs, toujours occupés à s'empiffrer de frites et de glaces.

A gauche, le voisinage était nettement préférable. Il s'agissait d'une jeune allemande qui campait seule. Elle arborait des fringues délirantes, se maquillait de façon outrancière comme si elle portait un masque. Au fond, tout ce cirque pour faire un pied-de-nez à la société qui s'en foutait éperdument. Mais cela la rendait sympathique aux nouveaux venus. Avec elle dans le voisinage, ils ne manqueraient pas de distractions.

Elle parlait un français approximatif. Elle n'était pas fâchée de voir s'interposer entre elle et les belges trois jeunes de son âge. Elle se nommait Elga Fritzmayer. Elle venait de plaquer le groupe dans lequel elle chantait, parce qu'elle en avait marre, qu'elle voulait voir le soleil et la Méditerranée. C'était une virtuose du *punk-rock*. Mais tout la dégoûtait, même de s'éclater devant les fans hystériques.

— Il y a longtemps que tu es là? demanda Georges.

— Trois jours. C'est long.

— Nous, nous resterons davantage.

Ils dépliaient leurs couvrantes, arrangeaient les gamelles, les loupiotes.

— Comment est-ce, aux *Cigalons*? L'ambiance? dit Solange.

— Bah! comme partout. C'est plein de caves qui rappliquent de tous les coins de l'Europe. Ils viennent ici s'emmerder en groupe et emmerder les autres. C'est tarte.

– Tu comptes rester encore?
– J' sais pas. J'aime pas prévoir. L'été dernier, avec des copains, on a squatterisé dans une villa en chantier où personne ne travaillait, pendant plusieurs jours. Ça, c'était chouette.
– Ouais. On vous a vidé?
– Non. On est partis comme ça, quand on en a eu marre.
– Dis donc, avec tout le fric que tu dois gagner avec tes chansons, tu pourrais te payer autre chose, non?
– Le fric, il part comme il vient. On le claque au fur et à mesure. Sinon, autant vivre comme des bourgeois. Moi, je m'en fiche. Je suis toujours sans un.
Solange admira, tout en pensant que ce mode de vie ne lui conviendrait pas éternellement. Elle aimait ses aises. Si, pour la première fois, lassée de la sévérité de ses parents, elle se payait une fugue, elle savait que celle-ci ne se prolongerait pas au-delà de quelques jours ou de quelques semaines. C'était une expérience à faire. Mais, si elle en profitait comme elle le faisait, c'était parce qu'elle savait que le filet de sécurité existait. En cas de coup dur, elle pouvait toujours compter sur ses vieux. D'ailleurs, à cette heure, ceux-ci devaient être dans un triste état et la faisaient

chercher partout. Il faudrait tout de même qu'elle les rassure d'un mot ou d'un coup de fil. Elle ne pouvait plus supporter l'atmosphère étouffante de la maison, mais elle continuait d'aimer ses géniteurs.

– Elga, dit René, tu casses une croûte avec nous?

– O.K.

– On a de la charcuterie, des tomates et du fromage.

– Eh, n'oublie pas une quille de côtes du Rhône, ajouta Georges qui ne boudait pas la bouteille.

– Pas de coca? fit Elga.

– Non. Mais y a de la flotte tant que tu veux.

Des odeurs de friture et de grillades imprégnaient l'atmosphère des *Cigalons*. Cela donnait faim.

A côté, les belges, parfaitement organisés, dressaient la table de camping. La mère s'affairait devant son camping-gaz.

Elga, Solange, Georges et René s'assirent à même le sol et déballèrent leurs modestes victuailles qu'ils attaquèrent aussitôt à belles dents.

CHAPITRE VIII

Lucie regardait avec passion un western à la télévision, quand le téléphone sonna. Elle ne pouvait se résoudre à quitter le robuste et vertueux John Wayne au profit de quelque importun. Mais on insistait et la sonnerie gâchait tout son plaisir. En maugréant, elle se leva, décrocha le récepteur.

– Allô! fit-elle d'une voix rogue.
– Je voudrais parler à Lucie, dit une voix féminine qu'elle reconnut aussitôt.
– Solange! Ça alors, si je m'attendais... C'est moi, Lucie. Où es-tu?
– Tout près de chez toi.
– Comment? Je te croyais au fin fond de l'Armorique, avec tes parents.
– J'ai mis les voiles. Je les ai plaqués. Et me voici.
– Tu as fait la malle? demanda Lucie, incrédule.

— Parfaitement. J'en avais assez. J'allais devenir dingue. J'ai choisi la liberté.
— Où tu pieutes?
— Au camping *Les Cigalons*. C'est chouette. Je suis avec deux mecs sympa. On rigole bien ensemble.
— Tu couches avec?
— Oui. Deux coqs pour une poule, le rêve!
— Je vois.
— Et toi?
— J'ai une liaison avec un type formidable, que j'ai connu sur la plage. Il est plus âgé, mais ça n'a pas d'importance.
— Au contraire, c'est souvent mieux.
— Tu parles d'expérience?
— Hé! hé! Ça se pourrait...
— Tu ne changeras jamais.
— Je l'espère bien!
Elles pouffèrent de rire.
— Il faut que tu me racontes tout, dit Lucie. Quand nous voyons-nous?
— Je te téléphone pour ça.
— Attends...
Lucie réfléchit. Solange et ses amis faisaient du stop. Il ne leur était pas très aisé de se déplacer. Peut-être pourrait-elle demander à Amaury de l'accompagner aux *Cigalons*. Il ne refuserait pas. Elle pourrait même s'amuser à camper une ou deux

nuits. Changer un peu de rythme. Elle proposa cela à Solange.

– Ce serait, en effet, formidable, si tu pouvais venir, applaudit celle-ci. La tente n'est pas très grande. Mais on se serrera pour te faire une place. Et puis, nous avons fait la connaissance d'une allemande qui est seule. Une fille bien. Elle t'hébergera sous sa toile, si tu préfères.

– On verra ça quand je serai là.
– OK. Nous t'attendons. Je t'embrasse.

Quand Lucie revint s'installer dans son fauteuil, John Wayne projetait d'un coup de poing une brute hors du saloon. Celle-ci essayait de dégainer, mais le héros, plus rapide, la clouait dans la boue d'une balle en plein cœur. Sur quoi s'élevait une danse de cow-boy allègre, avec un gros plan sur le visage du vieux lutteur.

A présent, la jeune fille se concentrait mal. Les images défilaient devant ses yeux, mais son esprit vagabondait ailleurs. Elle enviait Solange d'avoir osé abandonner le domicile paternel pour courir les routes en compagnie de deux inconnus. C'était cela l'aventure, un départ improvisé dans lequel on risquait à pile ou face son existence. Cela avait un goût de poussière de grand chemin. Elle en ressentait elle-même l'appel, une sorte de fringale qui creusait le ventre, un tourbillon qui déboussolait la tête.

A cet instant, sur l'écran du poste de télévision, se superposaient les images de l'aventure vécue et celles de l'aventure fictive. D'un côté, le bord d'une route où passaient des voitures. De l'autre, une cavalcade effrénée à travers la prairie. John Wayne lui ouvrait la portière d'une Mercedes dans laquelle elle montait lestement.

※
※※

René et Georges jouaient aux cartes. Ils se désintéressaient totalement de Solange qui s'ennuyait ferme. Un instant, elle les avait regardés. Mais, ça l'embêtait de suivre la partie. De toute façon, elle détestait les cartes. Elle se demandait comment les gens pouvaient rester des heures à se battre avec elles.

Egalement fauchés, les deux garçons jouaient des haricots. Mais ils s'appliquaient, la mine sérieuse, comme s'il s'agissait de décrocher un pot mirifique.

L'éclairage de la loupiote leur dessinait des traits durs, avec de vastes plages d'ombre. Quand ils se regardaient, comme pour se défier, leurs yeux brillaient. Ils échangeaient de rares paroles.

Au début, ils s'étaient gaussé de Solange parce qu'elle leur avait demandé à quel jeu ils se mesuraient : l'idiote ne savait pas distinguer une belote d'un poker!

Dépitée, Solange avait reporté son attention sur les autres occupants des *Cigalons*. Les belges, dans leurs chaises longues, mains croisées sur la bedaine, écoutait bêtifier leur transistor. En face, un couple se faisait une beauté avant de filer vers quelque réunion, ou quelque boîte. L'homme était brun, grand, un peu mince, vêtu d'un complet beige clair. La femme, plus petite, portait en chignon d'épais cheveux blonds. Elle avait opté pour une légère tunique vert jade qui soulignait opportunément la qualité de son bronzage.

Plus loin, une bande de jeune bâfrait des frites. Ils avaient mis un grand plat sur la table. Et chacun y plongeait les doigts.

Solange soupira : elle s'emmerdait. Pourtant, la nuit s'étalait profonde et lumineuse, constellée d'étoiles. Aucun souffle d'air n'agitait l'air tiède. Elle aurait dû se sentir heureuse.

A vrai dire, en la reportant plusieurs semaines en arrière, la communication avec son amie Lucie l'avait laissée rêveuse. Elle lui manquait soudain. Elle languissait après elle. Et, dans cet état, il entrait une part de désir trouble auquel elle cédait sans résistance. En avaient-elles assez fait ensemble, des parties!

« Ah! si Lucie était là, je ne rongerais pas mon frein comme cela. Nous trouverions mille manières agréables de nous occuper », soupira-t-elle à part soi.

Elle se mit à revivre quelques-unes de leurs prouesses, ce qui accentua encore son vague à l'âme. Somme toute, quand on se prévalait d'amitiés comme celle de l'ardente Lucie, le pensionnat avait du bon.

Elle se souvenait d'un matin où, Lucie se trouvant isolée à l'infirmerie à cause d'un refroidissement, elle avait mis à profit la récréation de dix heures pour s'échapper, aller la retrouver, et la réchauffer d'une manière qui agréait à toutes deux. Elle était arrivée en retard au cours sans excuse valable. Cela lui avait valu une consigne. Mais elle ne regrettait rien. Qu'était-ce qu'une retenue quand on venait de dérober quelques instants de bonheur?

Solange soupira. Demain, son amie Lucie serait là. Elle s'arrangerait pour rester un jour ou deux en leur compagnie. Elles se partageraient les garçons si elle voulait.

Ceux-ci ne bouderaient pas la nouvelle recrue. Avec tout ce qu'elle leur avait déjà raconté au cours de leur périple, ils en connaissaient long sur son compte. Sans doute cela les émoustillait-il par avance. Ce qui promettait de mémorables parties. A eux quatre, ils allaient interpréter l'art de la fugue avec une virtuosité sans égale.

Ensuite, Solange se prit à rêver au sujet de cet Amaury dont Lucie venait de lui vanter les mérites. Dans la conversation, elle avait crâné, ne voulant pas être en reste. A la vérité, son expérience s'alimentait encore exclusivement de garçons de son âge. Jamais l'occasion ne s'était présentée de connaître un homme mûr. Elle enviait un peu son amie de l'avoir ainsi devancée. Il était néanmoins patent qu'elle l'emportait dans bien d'autres domaines, de sorte que son accès de jalousie, tout léger qu'il fût, ne se justifiait point.

Lucie n'aimait pas Amaury. Elle se servait de lui comme il se servait d'elle. Leurs relations se limitaient à un échange dans lequel chaque partie trouvait son compte. Dans ces conditions, de même que Solange se disposait à lui céder selon son bon vouloir ses amis Georges et René, Lucie consentirait vraisemblablement à lui ouvrir les bras d'Amaury.

Amaury aimait l'amour et, d'après les aveux enthousiastes de Lucie, se révélait rude cavalier. Il ne verrait que l'aubaine de déguster sur canapé une jeune caille docile. L'oiselle se promettait bien de lui démontrer en l'occurrence que le bec de la caille valait les crocs du loup.

La tente d'à côté s'éclaira. A travers la toile, une silhouette féminine se dessina en ombre chinoise. La forme des seins, celle de la croupe, se détachaient avec une grande netteté. Solange observa l'émouvant spectacle.

Elga Fritzmayer venait de rentrer d'une expédition crépusculaire et, sous l'indiscrète protection de la tente, se déshabillait sans se soucier le moins du monde de révéler à d'éventuels voyeurs les trésors de son anatomie.

Chez les belges, mine de rien, le paternel devait se rincer l'œil à l'insu de sa bobonne. Le terrain de camping offrait de ces avantages. Il s'approvisionnait en fantasmes pour toute l'année. En besognant sans fantaisie sa corpulente moitié, il ranimerait sa vigueur défaillante en se souvenant des jeunes nymphes impudiques entrevues durant les vacances d'été. Mais ses grosses pattes n'attraperaient jamais que l'éphémère. Il vient un âge, une position, où l'homme n'enlace plus ses rêves. Ils fuient au-devant de lui. Ce sont des djinns, des farfadets. Il a beau leur courir après, tendre les mains, ils jouent sur l'autre versant du monde et lui demeurent insaisissables.

Solange se leva pour rejoindre Elga. Elle entrouvrit la porte de toile, coula le visage à l'intérieur.

– Salut! fit-elle.
– Ah, c'est toi, répliqua la jeune allemande, ça fait plaisir que tu viennes.
– Je serais venue plus tôt mais tu n'y étais pas.
– Je suis allée me balader au bord de la mer.
– Toute seule?
– Oui.
– On t'a draguée?

Elga haussa les épaules d'un air désabusé :

– Même pas. Il y avait une bande de pédés qui se foutaient pas mal de moi. Ils étaient trop occupés de leurs petites affaires.
– On dit qu'il y en a beaucoup par ici.
– J'ai rien contre. Mais j'aurais bien aimer trouver un type pour ce soir.
– Rien n'est perdu, dit Solange en fixant sur Elga des yeux brillants.
– Bof! En plus, j'ai pas sommeil.

– Moi non plus.
– Alors reste un moment. On est bien toutes les deux. Et tes mecs, qu'est-ce qu'ils font?
– Ils jouent aux cartes. Ça ne m'amuse pas.
– Tu préférerais qu'ils jouent aux dames, hein?
– Sûr. Je ne ferais pas de difficulté pour être mangée.

Elles rirent de la plaisanterie. Une connivence s'établissait entre elles. La tente était exiguë. Elles se tenaient donc serrées l'une contre l'autre. Leurs cuisses nues se touchaient. Leur chaleur se communiquait. Elles cédaient à la douceur satinée de leurs peaux. Leurs respirations s'entendaient distinctement. De longs silences entrecoupaient leur conversation. Parfois, elles se regardaient avec de drôles de lueurs dans les prunelles.

Solange trouvait Elga séduisante. Elle aimait sa façon de prononcer les mots français. Cela créait une musique insolite, non dépourvue de charme. L'étrangeté constituait un atout. Il n'était que de considérer le succès obtenu par les étrangers dans le domaine des variétés. Un air de dépaysement au bout de la langue facilitait bien des carrières. Voilà pourquoi beaucoup s'expatriaient. L'intonation anglaise de Pétula, l'accent québécois des chanteurs en vogue, l'exotisme américain de Mort Shuman, celui, hellénique, de Roussos, remplissaient les salles et augmentaient la vente des disques. Si nul n'était prophète en son pays, comme le prétendait le proverbe, il suffisait quelquefois de franchir une frontière pour le devenir. Et prodigue.

Ce fut Elga qui, la première, posa la main sur la cuisse de Solange. Elle la fit aller et venir doucement depuis le genou jusqu'à l'aine, s'émouvant des petits frissons qui naissaient sous ses doigts.

Solange se laissait faire, les yeux clos. Elle avait la chair de poule. Elle sentait ses poils se hérisser et c'était délicieux d'avoir dessus la chaleur d'une paume lisse, tremblante, mais qui accomplissait cependant son ouvrage sans hésitation.

Elga l'embrassa dans le cou, juste à l'endroit où battait sa veine. Elle rejeta la tête en arrière et émit un gémissement de satisfaction. Puis, comme elle se retournait, leurs lèvres se soudèrent. Elles se cherchèrent de la langue, inaugurant un combat délectable, chacune puisant en l'autre les forces nécessaires, affûtant son désir au désir de l'autre, plongeant insensiblement au sein d'une ivresse qui les étourdissait également.

Elga se mit à parler en allemand. L'amour l'inspirait. Solange n'éprouvait pas le besoin de comprendre ce qu'elle disait. Elle cédait à la musique gutturale, traversée de sonorités d'une étrange tendresse.

Avec des gestes fébriles, sa compagne entreprit de faire glisser son short. Dessous, Solange ne portait pas de culotte. Elle offrait aux doigts avides d'Elga une protubérance enivrante, à la luxuriante toison. Celle-ci fut bientôt investie. Un désir fulgurant la traversait. Sa poitrine devenait aussi dure que de la pierre. Ses reins s'agitaient, poussant au-devant des caresses avec impétuosité. Mouvement instinctif de l'animal à l'instant de la saillie. C'était cela. Il n'y avait pas à s'en défendre. Elle n'était plus qu'une femelle avide, livrée à l'avidité d'une autre femelle.

– Oh! s'exclama-t-elle, je n'en peux plus... Viens... Viens... Prends-moi. Darde ta langue dans ma chatte. Que ta bouche si douce apaise le feu de mon corps... Ah! Ah! Ah!... Je mouille. Oh là là! Je suis trempée... Elga, oh Elga, ma chérie, viens... à moi... Ne te fais pas prier... Regarde comme je te veux...

Elga, plongea alors le museau entre les cuisses largement ouvertes de Solange, commença de lui lécher la conque. Sa langue nerveuse allait et venait entre les lèvres ruisselantes d'une ondée bienfaisante. Elle taquinait, dans son douillet nid de chair rose, le bouton de plaisir.

Sous ses agissements, Solange, sans cesser de geindre, se cabrait, donnait des ruades, comme électrisée, tétanisée par la langue experte de sa complice.

Celle-ci ne voulait pas rester à la traîne. Par un retournement, elle disposa son sexe à portée de la bouche de Solange qui ne tarda point à l'investir. L'abondante liqueur d'Olga mouillait sa face. Mais elle s'appliqua à rendre à Olga un bonheur identique à celui qu'elle lui prodiguait.

CHAPITRE IX

Amaury attendait Lucie au *Miraflor*, un bar très select de la Croisette, où il avait ses habitudes. Il choisissait en général une table sur la droite, un peu en retrait de la terrasse, de façon à tout voir sans être lui-même en évidence. Stimulés par de généreux pourboires, les garçons s'ingéniaient à lui réserver cette place.

Il en était à son deuxième martini-gin. La promenade s'animait. Mais ce spectacle n'intéressait guère Amaury.

Il déplia le dernier numéro de *Lui* et s'absorba dans la contemplation des jolies filles dévêtues. Les photographes étaient de vrais artistes qui savaient mettre en valeur la plastique de ces demoiselles et révéler leur pouvoir érotique. Il suffisait de peu de choses, d'un angle, d'un effet de lumière, d'une ombre propice, d'un pan de vêtement en trop ou en moins pour créer un objet de désir.

En regardant ces images, les hommes rêvaient à d'inaccessibles proies. Combien, parmi eux, avaient eu, une fois au cours de leur existence, l'occasion de serrer dans leurs bras une créature semblable à celles-ci? Elles existaient pourtant puisqu'on les retrouvait là, souriantes sous l'objectif, tous leurs appas dévoilés sur papier glacé.

Pourtant Amaury comptait au nombre des privilégiés pour qui l'aventure est possible. Non seulement il avait connu, très intimement, quelques-unes des plus jolies femmes de la côte et de Paris, mais il avait eu la chance de débusquer deux ou trois nymphes des studios, dont il conservait un souvenir impérissable. Elles n'étaient pas seulement merveilleuses couchées sur la pellicule. Avec de tels motifs, on ne souhaitait que multiplier les tirages.

L'année précédente, au Festival de Cannes, Laurence était entrée dans sa vie comme une comète, avec sa longue chevelure de lumière et ses yeux profonds, couleur de ciel. Elle prenait des poses à la proue d'un yacht tandis qu'un barbu hirsute la mitraillait sous tous les angles. Elle portait une simple tunique de voile blanc, largement échancrée sur les seins, et maintenue à la taille par une ceinture de cuir vert. Le tissu s'ouvrait au-dessous, révélant des perspectives émouvantes.

Amaury l'avait regardée un moment travailler. Avec admiration. Elle manifestait une grande aisance, trouvait spontanément l'harmonie, l'équilibre du geste. Le photographe grognait de temps en temps son approbation.

A l'époque, Amaury traversait déjà une redoutable crise avec sa femme. Il avait pensé trouver en cette pulpeuse blonde une agréable diversion et ne s'était pas trompé. D'ailleurs, la chance le servait puisque le yacht sur lequel elle posait appartenait à un de ses amis, le banquier Ramberg. Les relations facilitaient bien des choses. Une demi-heure plus tard, en compagnie de Ramberg et de sa femme, du photographe barbu, et de deux autres cover-girls, Amaury se trouvait assis à côté de Laurence, essayant de se montrer à son avantage, l'entourant d'une cour délicate mais néanmoins pressante.

Laurence jouait le jeu, n'offrant que de conventionnelles résistances, tout en suggérant que le cavalier lui plaisait, qu'elle accepterait de faire en sa compagnie un petit galop d'essai, de lui prouver quelle cavale de race elle était.

Le soir même, dans sa chambre de l'hôtel *Négresco*, Amaury éprouvait ses amoureuses ruades. Il plongeait avec ivresse le visage dans sa crinière de paille. Leurs prouesses, sans fin reprises, n'avaient cessé qu'au petit jour.

En vérité, cette Laurence était une perverse. Non seulement elle témoignait d'une nature volcanique, mais son esprit tortueux s'ingéniait à inventer des pratiques. Elle avait obligé Amaury à marcher à quatre pattes tandis qu'elle le fouettait avec sa chaînette d'or en criant des insanités. Il réagissait à chaque coup, poussant de petits cris quand le métal précieux zébrait sa peau mais acceptant de céder à ce caprice qui, au fur et à mesure, lui procurait d'étranges satisfactions.

La diablesse avait ensuite exigé qu'il prît des fruits dans la corbeille et qu'il les lui fourrât dans la conque. Les yeux luisants, elle l'observait tandis qu'il se livrait à cette délicate opération. Son abdomen se contractait quand il introduisait les morceaux. Après, il avait dû dévorer la salade de fruits à même le réceptacle, dardant la pointe de la langue à l'intérieur, fouillant pour extraire les tranches imprégnées de liqueur, cependant que Laurence, le corps secoué d'orgasmes, poussait de petits cris.

Puis, elle s'était attaqué à sa banane, la

suçant avec une telle frénésie qu'il en avait éprouvé quelque crainte. Les sensations étaient cependant trop fortes. Elles avaient balayé ses réticences pour s'abandonner, esclave ravi, à la gloutonnerie de Laurence.

Ces turpitudes s'étaient prolongées jusqu'au matin où, exténués, ils s'étaient endormis d'un sommeil sans rêve.

Lucie tardait. Mentalement, Amaury compara la jeune fille à Laurence sans pouvoir départager laquelle des deux l'emportait sur l'autre tant elles étaient dissemblables. Il aimait en l'une la femme assurée de ses pouvoirs, habituée aux hommages masculins, rodée à toutes les pratiques de l'amour, et dotée d'un tempérament vésuvien. En l'autre, il appréciait le fruit vert, l'adolescence encore mal assurée, tremblante et enthousiaste devant les mystères de l'amour. Elle le replongeait dans un bain de jouvence. Il en sortait revivifié, comme délesté du poids des années. Il puisait en elle la verdeur d'un nouveau printemps. Au fond, ce qui le retenait en elle, c'était moins la sensualité – quoi qu'elle fût aussi ardente – que cette sensation de remonter à la source, de s'abreuver d'une eau dont sa mémoire ne conservait plus la saveur.

Il regarda la mer parcourue de sinuosités argentées. Des bateaux appareillaient, d'autres entraient dans le port. Telle était l'image, la philosophie de l'existence. C'était facile. Il suffisait de se laisser pousser par les vents, de savoir quand dresser la voile ou la larguer.

Il méditait de la sorte quand une main se posa sur son épaule. Il se retourna brusquement pour se trouver face à face avec Bernard Chappuis, un ami perdu de vue depuis huit ans.

– Ça, alors! s'exclama-t-il.
– Oui, c'est moi, en chair et en os.
– Un revenant, oui! Il ne te manque que le suaire et la chaîne pour effrayer les gens.

Tourmenté par la bougeotte, Bernard Chappuis voyageait beaucoup. De temps en temps, une carte postale le signalait au bout du monde. Il plaçait des produits pharmaceutiques pour le compte de laboratoires français et allemands. Il se débrouillait à merveille, roulant sur l'or, menant une bringue effrénée sous toutes les latitudes.

– Je te croyais mort, dit Amaury.
– J'ai failli l'être.

Il raconta une histoire interminable, pleine de rebondissements rocambolesques. Il parlait de la République Centrafricaine, du Pérou, du Nicaragua, d'attentats, de troubles, d'agitations révolutionnaires dans lesquelles il s'était trouvé entraîné au péril de sa vie.

— L'aventure, concluait Bernard, c'est formidable dans les livres, quand tu ne risques rien. Dans la réalité, c'est une autre paire de manches.

Il avala le reste de son scotch, et demanda :

— Et toi, vieux crabe, où en es-tu?

— Oh, moi, je suis un sédentaire. Mes seules aventures sont de petites histoires d'amour. De fesses, serait plus juste.

— Tu me mets l'eau à la bouche.

Amaury dut s'exécuter.

A vrai dire, ce n'était pas désagréable de revivre pour un tiers ces épisodes savoureux, de revoir apparaître des visages et des corps que le temps commençait à estomper, de retrouver le timbre charmant de voix ensevelies. Ces évocations flattaient sa vanité. Il s'y abandonnait non sans complaisance.

Bernard raffolait des détails croustillants. Il y trouvait largement son compte car son ami ne lésinait point. Peut-être même en rajoutait-il un peu pour faire bonne mesure... Quelle importance? Dans leur échange, le plaisir de la conversation ne comptait-il pas plus que le souci de la vérité?

Lorsqu'il en arriva à sa liaison avec Lucie, la curiosité de son ami se raviva. Surtout qu'il apprit ainsi la raison de la présence d'Amaury à la terrasse du *Miraflor* : il avait rendez-vous avec la jeune fille. Bernard verrait donc dans un instant cette perle rare sur laquelle Amaury ne tarissait pas d'éloges. Il ne craignait pas d'être importun en demeurant : leur amitié était assez ancienne et dépourvue de complexe pour supporter cette légère atteinte.

Au surplus, son attitude n'allait pas sans arrière-pensée. Cette Lucie avait certainement quelques amies peu farouches et aussi bien disposées qu'elle l'était elle-même...

Les deux hommes discutaient depuis un long moment à la terrasse du *Miraflor* quand Lucie était enfin arrivée.

Elle se faufilait nonchalamment entre les tables. Certains se retournaient sur son passage, lui dédiant des regards à émouvoir une madone. Un sourire figé aux lèvres, elle faisait mine de ne rien remarquer de ces muets hommages.

Elle portait un short de *jean* effrangé et

un tricot de coton blanc sous lequel on devinait ses petits seins en liberté.

Amaury fit les présentations et elle s'assit.

Il émanait de sa personne un arôme chaud, d'une lourdeur suave, celui de la peau enduite d'huile et longtemps exposée au soleil. Une odeur grisante de femme, de femelle, qui montait aux narines et vous étourdissait.

Amaury avait posé une main sur sa cuisse nue et l'y avait laissée. Il aimait sentir rouler sous sa paume les muscles fermes et fuselés.

Il avait aussitôt vanté les mérites de son ami Bernard.

– C'est un globe-trotter, tu sais. Il a vu des tas de choses étonnantes.

Et il avait fallu que Bernard reprît pour elle son récit, s'arrangeant pour l'enjoliver aux bons endroits, pour mieux l'assaisonner au goût de la jeune fille.

Celle-ci buvait ses paroles. Il lui révélait des horizons insoupçonnés, avec lesquels elle n'avait eu d'autres contacts que ceux des livres. Voilà qu'elle côtoyait, en chair et en os, l'un de ces hommes intrépides qui risquent leur vie pour le plaisir. C'était tout bêtement merveilleux.

Bernard se gardait de la détromper. Il

bénéficiait de la complicité amusée d'Amaury qui renchérissait à dessein.

– Ce que j'aimerais voyager comme ça, disait Lucie, subjuguée. C'est ce qui s'appelle vivre. Ici, tout est pareil. Il y a des jours où l'on étouffe, où l'on a envie de rompre les amarres, de partir n'importe où, à l'aveuglette... Mais on ne le fait jamais.

– Il y en a qui le font pourtant. J'ai rencontré un peu partout de ces orphelins de la civilisation qui cherchent le salut sous d'autres cieux.

– Le trouvent-ils? demanda Amaury.

– Non. Ils trouvent la saleté, la drogue, la maladie, la prostitution. Quelquefois, la mort, au bord d'un grand chemin.

– C'est peut-être cela, le salut, risqua Lucie.

– A chacun son chemin de Damas.

– Vous n'approuvez pas?

– Cela m'est indifférent. Que ceux qui veulent se perdre se perdent à leur guise. Même en espérant se trouver. Ce n'est pas mon affaire.

– Je vous trouve sévère.

– Il faut savoir ne pas comprendre. La clémence est au-dessus de mes moyens. J'ai assez payé pour ça.

Cette conversation aurait pu envenimer

le climat. Il n'en avait rien été. Personne n'accordait trop d'importance à ce qui se disait.

Amaury avait tout de suite remarqué combien Lucie plaisait à son ami. Un projet germait peu à peu dans sa tête pour célébrer dignement ces retrouvailles. Il n'en soufflait mot, attendant le moment favorable qui ne manquerait pas de se présenter. Il savait qu'il ne rencontrerait aucune difficulté mais il ne voulait pas brusquer les choses.

Ce qui venait d'être dit des jeunes occidentaux paumés qui s'en allaient chercher ils ne savaient trop quoi sur les bords du Gange, ou au pied de l'Himalaya, incitait Lucie à pense à son amie Solange. Aussi entreprit-elle de raconter la fugue de celle-ci.

— Elle campe avec deux gars aux *Cigalons*, dit-elle. J'ai promis d'aller la voir demain.

Elle se tourna vers Amaury :
— Tu pourras m'y amener?
— Ça tombe mal, répondit-il. Je dois juste me rendre à Marseille pour voir un gros client. Je suis désolé.
— Tant pis. Je m'arrangerai. Je trouverai bien un moyen.
— Si vous voulez, dit Bernard, moi, je

peux vous accompagner. Je suis libre comme l'air. Je mets ma voiture, et moi-même, à votre disposition.

– Merci, fit-elle. Vous êtes très gentil.

– Lucie attire la gentillesse, observa Amaury sur un ton mi-figue, mi-raisin.

CHAPITRE X

A 23 h, Lucie, Bernard et Amaury, accoudés au balcon d'Amaury, regardaient scintiller les lumières au long de la baie. Cela dessinait une courbe semblable à un collier égrenant des perles multicolores. Une frange d'un vert pâle enveloppait la côte. L'on passait en dégradé au bleu profond de la nuit dont la voûte constellée d'étoiles répondait à la terre.

La partie la plus sombre était encore la mer, vaste réservoir de mystères. La respiration des vagues se mêlait au bruit confus des voitures. Parfois, la brise légère portait une phrase musicale née quelque part, dans un de ces établissements dont les enseignes lumineuses signalaient les mérites.

Amaury fréquentait les plus célèbres. Il y avait vécu de folles nuits en compagnie de joyeux lurons, au portefeuille facile. Il y avait le *Pam Pam*, le *Craven*, la *Girandole*, le *Disco-club*, etc... Les noctambules amateurs de dolce vita s'y retrouvaient. La plupart se connaissaient. Ce qu'on appelle le « monde », la « société », n'était pas si étendu.

Les privilèges avaient la vie dure. Leurs bénéficiaires savaient s'adapter pour dominer toutes les secousses. De temps en temps survenait bien un naufrage, une grande famille s'écroulait, mais l'on considérait l'anedocte comme une incongruité du destin. Et les eaux se refermaient sur le silence, engloutissant les infortunés.

Amaury enlaçait les épaules de Lucie. Bernard, un peu à l'écart, fumait une cigarette. Tout était calme, d'une grande sérénité.

Ils avaient dîné au *Florida*. Exclusivement du poisson. Bernard prétendait vouloir en faire une cure. Durant son long séjour en Amérique du Sud, principalement au cours de son internement, il avait salivé en pensant à une dorade grillée ou à un loup au fenouil, arrosé d'huile aromatisée.

Ensuite, ils avaient hésité à se rendre au Casino. La veille, Amaury, en veine, avait gagné une forte somme.

– Je vais m'en tenir là, avait-il déclaré. Je ne veux pas tenter le diable pour tout dilapider ce soir. Ce n'est pas que je sois près de mes sous, mais j'ai horreur de perdre.

Il avait donc proposé de terminer la soirée chez lui.

— Comme ça Bernard connaîtra mon pied-à-terre.

Lucie tiqua intérieurement sur le terme. Modestie ou snobisme? Il ne convenait vraiment pas au luxueux appartement qu'occupait Amaury.

Bernard avait évidemment trouvé son ami fort bien installé.

— Pour une modeste garçonnière, ce n'est pas mal, avait-il déclaré.

— Que voulez-vous boire? J'ai du champagne au frais.

— Je reste au whisky. Mais ce sera pour tout à l'heure.

— Je boirai bien du champagne dans un moment, avait dit Lucie.

Elle l'aimait au point de vouloir en prendre des bains. « Oui, avec une paille », ajoutait Amaury pour se moquer d'elle. « Bien frappé, ça doit raffermir les chairs. » A quoi elle rétorquait qu'à son âge, elle n'en avait nul besoin. C'était un jeu auquel ils se livraient par pique, sans conséquence. L'amitié, l'amour, se nourrissent de clefs de cette sorte, insaisissables ou ridicules aux yeux de qui n'y participe pas.

La contemplation de la rade commençait à lasser Amaury. Blasé par un spectacle qu'il avait quotidiennement sous les yeux, il proposa de rentrer et de mettre un peu de musique.

Il possédait une discothèque très riche, achetant, au fur et à mesure de leur parution, les morceaux dans le vent. Il mit sur la platine un 33 tours d'ambiance.

Il prit Lucie dans ses bras, posa sa joue contre la sienne et, serrant étroitement son corps, commença à danser, d'un mouvement lent, presque sur place. La mélodie qui les enveloppait ne servait que de prétexte.

Elle sentait contre elle son corps solide et chaud, tout en muscles. Un grand calme la gagnait.

Il lui caressa les cheveux. Puis il se pencha vers elle. Sa bouche prit possession de ses lèvres. Leurs langues se nouèrent. Des ondes irradiaient par toute leur chair. Lucie ferma les yeux, tout à son plaisir, oubliant la présence de Bernard qui, assis sur le canapet, tirait sur sa cigarette en observant le couple.

Il trouvait la jeune fille à son goût et enviait son ami de la tenir ainsi dans ses bras. Puisqu'ils se trémoussaient devant lui sans pudeur, il ne manifestait aucune discrétion, les regardant ouvertement, s'attachant aux oscillations émouvantes de la croupe rebondie de Lucie. Il admirait la chute souple de ses reins, les épaules rondes, le cou gracile où il devait être bon de poser les lèvres. Et il se prenait à rêver. Peu à peu, il remplaçait son ami et serrait contre lui ce bel animal sensuel.

Bernard n'aimait pas faire tapisserie. Il est toujours gênant, inconfortable, d'être le troisième larron et de tenir la chandelle. Pourtant, ce soir-là, sa position ne l'indisposait pas. Il se sentait détendu, parfaitement maître de lui. Il savourait sans réticence ce que l'atmosphère comportait de trouble. Il y puisait même une certaine satisfaction.

Il faut dire que Bernard Chappuis ne se trouvait pas à l'état de manque. Il entretenait depuis plusieurs semaines une liaison avec une danoise volcanique en vacances sur la côte. Sigrid comblait ses désirs avec une impétuosité toute nordique. Elle ne bredouillait que quelques mots de français, mais, au lit, elle savait assez se faire comprendre, et ils avaient de longues et intéressantes discussions.

Bernard regretta que Sigrid ne fût point là. Ils auraient composé un fameux quatuor. Mais elle se trouvait en Italie pour plusieurs jours, avec un groupe d'amis. Il avait reçu la veille une carte de Milan, gribouillée dans une langue étrange à laquelle il n'avait rien compris, hormis la signature et le mot baiser.

Une brûlure à la lèvre le tira de sa rêverie. Il retira la cigarette consumée, l'écrasa dans un cendrier, en alluma une autre.

Il se dit qu'il fumait trop, que cela finirait par lui jouer un mauvais tour. Cette pensée ne lui fit aucun bien. Il continua d'aspirer la fumée avec fatalisme. Il n'était pas homme à se priver de tout pour finir sa vie à un âge canonique, plus ridé qu'une pomme.

Au milieu de la pièce, baignée par une douce lumière indirecte aux tonalités fauves, Amaury et Lucie continuaient de se dandiner, étroitement enlacés, en se bécotant sans discrétion.

C'est alors qu'un événement inattendu se produisit à l'initiative d'Amaury.

Celui-ci commença à soulever par-derrière le tricot de sa partenaire, découvrant le dos nu, bien bronzé. Il le remonta jusqu'au niveau des omoplates.

Elle eut un réflexe de refus, s'écarta d'Amaury, le regardant avec étonnement, la bouche ouverte comme pour dire quelque chose qui ne vint pas.

Amaury la ramena contre lui, l'embrassa, chuchota à son oreille. Bernard la vit faire des signes de dénégation. Amaury lui parla de nouveau. Il insistait tandis que, visiblement, elle hésitait. Ils n'arrivaient pas à se mettre d'accord.

Bernard se demandait ce qu'ils pouvaient bien se dire. Il n'allait pas tarder à le savoir pour son plus grand profit.

Amaury reprit le tricot de Lucie et le lui retira cette fois complètement. Elle se laissa faire, docile, avec un air de défi dans le regard, et davantage de sang aux joues. Son cœur battait. Elle sentait de petits frissons parcourir sa peau et qui ne devaient rien à la fraîcheur de l'air. La gêne qu'elle éprouvait était finalement délicieuse. A chaque instant, elle avait envie de crier « Non! », de demander à son ami d'arrêter, qu'elle ne voulait plus. Mais elle ne disait rien et le laissait faire. N'avait-elle pas promis? Elle irait jusqu'au bout. C'était une expérience à faire un jour ou l'autre. Ce soir semblait particulièrement indiqué. Et elle avait une grande confiance en Amaury.

Celui-ci venait de dégrafer son soutien-gorge et de libérer les seins, tout palpitants, comme deux pigeons doux et chauds.

Bernard observait la scène, de plus en plus intéressé. Il appréciait la courbure de la taille, l'arrondi des hanches, le grain de la peau couleur de pain d'épice. Il avait envie d'y mordre, d'y imprimer ses mains, de pétrir cette pâte ferme, d'y faire lever le désir.

Le sien était déjà manifeste. Sa fierté arborait la tension des jours fastes, boursouflant d'une bosse significative le devant de son pantalon. S'il se levait du canapé, il ne pourrait rien dissimuler de ses pensées intimes. Mais, au point où l'on en était, cela avait-il encore son importance? N'était-ce pas la meilleure façon d'entrer dans un jeu où, visiblement, depuis quelques instants, on l'invitait?

Amaury achevait de déshabiller Lucie. Elle l'aidait à lui retirer son short et le mince slip de nylon blanc.

Enfin, elle fut nue, blottie comme une flamme de chair, apprivoisée entre les bras de son cavalier, le visage niché au creux de son épaule, comme pour étancher ce qui subsistait de honte à s'exposer ainsi aux regards concupiscents de deux hommes, dont l'un, quelques heures auparavant, lui était totalement inconnu.

« Je me conduis comme une petite roulure », se dit-elle.

Elle pensa aussitôt que ça n'avait aucune importance puisque c'était somme toute délicieux. Les jugements moraux n'avaient rien à voir à l'affaire. Elle refoulait loin leurs sentences importunes pour vivre avec intensité les minutes présentes.

La musique continuait. C'était un autre air, mais toutes ces mélodies suaves se ressemblaient. On ne leur demandait pas d'originalité, seulement de créer et d'entretenir un climat propice. Pour ça, l'on pouvait faire confiance à Amaury : il savait choisir les morceaux adéquats.

Tout en dansant, le couple se rapprocha de Bernard qui ne quittait pas des yeux la silhouette lascive de la jeune fille. Quand ils furent tout près, Amaury se détacha de Lucie, la désigna du doigt à son ami, et laissa simplement tomber ces mots :

– A toi, maintenant. Si tu as envie de danser...

Bernard ne se fit pas prier. Il entoura de ses bras la taille de la jeune fille, serra contre lui son corps nu dont le contact l'électrisait. Il poussait son ventre vers elle afin qu'elle sentît mieux son désir. La tension de son sexe déterminait toute sa tragédie. Son être concentrait là le meilleur de lui-même.

Lucie ondulait lascivement. Elle aimait ces grandes mains à ses hanches, l'odeur forte du mâle. Le rythme l'aidait à mieux épouser la virilité offerte. Elle frottait au gré de la musique son ventre contre elle, s'étourdissant peu à peu. Plus rien ne comptait que cette vigueur nouvelle sous la poussée de laquelle elle s'ouvrirait bientôt.

C'était au tour d'Amaury de contempler sa jeune maîtresse blottie, dans le simple appareil, contre la poitrine d'un autre homme. Le sentiment d'évoluer sous ses yeux, excitait Lucie. Le côté scrabreux de la situation lui convenait. Elle prenait exprès des attitudes osées, comme s'il s'agissait de piquer la jalousie de son amant.

Pour cela, peut-être lui fallait-il aller plus loin, prendre des initiatives? Jusqu'à présent, elle n'avait jamais été qu'une proie, une esclave soumise aux caprices de ses maîtres. Les avantages de Bernard l'attiraient. La nécessité de se manifester en tant que personne, et pour cela d'agir selon sa fantaisie du moment, sans complexe ni réticence, s'imposait à elle.

Elle baissa le bras, glissa la main entre

leurs corps, la posa sur la braguette de son cavalier, saisissant la protubérance qui, sous la pression, accrut sa fermeté. Elle la trouva d'un volume engageant. Ses doigts, à travers le tissu, essayaient d'estimer le diamètre, la longueur. Bernard s'abandonnait à ces préludes, favorablement disposé par la hardiesse de la jeune fille. Ce soir, il ne s'embêterait pas. Amaury avait le sens de l'amitié et savait recevoir.

Cependant, Lucie s'efforçait de libérer de sa prison l'objet de sa convoitise. Elle y parvint bientôt et le pénis, orgueilleusement dressé, se nicha tout naturellement entre ses doigts.

– Tu es gros, fit-elle, tandis qu'elle le pressait, affolée de le sentir si chaud, si lisse, si noué sur le désir qu'il avait d'elle.

Ce contact lui fouettait les sens. Elle s'écarta pour contempler sa prise. Ses doigts l'emprisonnaient à la racine et il dépassait encore de plus d'une main. Son diamètre était modeste, mais il se rattrapait sur la longueur. C'était une badine longue et flexible qui la battrait jusqu'à ce qu'elle crève de plaisir. Elle fixait le gland empourpré, semblable à un énorme bourgeon prêt à éclater.

Lucie se dressait devant Bernard, offerte, toute tremblante d'impatience, sollicitant le sacrifice. D'un geste persuasif, elle apprivoisait la tension de la bête, la portait aux limites du supportable. A tout instant, elle croyait que Bernard allait la renverser sous sa domination, tisonnant, d'une ardeur décuplée par ses provocations, l'étroit conduit qui le quémandait.

Et, soudain, il le fit. Elle poussa un râle. Il était en elle, fouillant, fouissant avec un halètement de bûcheron cette chair délicate.

– Oh!... AHHHH!... exultait l'adolescente que ce labour forcé élevait vers des sommets non encore atteints. Sans doute, l'avait-elle désiré trop longtemps. Elle éclata enfin, le corps tétanisé par le déferlement du plaisir. Ses dents se plantèrent dans le gras de l'épaule de Bernard. De ses ongles, elle lui laboura le dos.

Amaury, constatant ces heureuses dispositions, s'approcha du couple. Aujourd'hui la jeune fille bénéficierait d'un traitement spécial, servie par deux zélés compagnons, bien décidés à accomplir des prouesses pour la guider jusqu'à l'extase suprême.

Ceux-ci la saisirent, encore pantelante, et commencèrent à la caresser conjointement, unissant leurs sciences pour réveiller le désir, le stimuler, le pousser à son ultime pointe.

Pour ne pas être en reste, Lucie prenait leurs bourses dans ses mains, les massait doucement. Plus encore que la verge, les petits sacs gonflés qui pendaient au-dessous, attiraient sa convoitise, lui faisaient de l'effet. Elle aimait les toucher, sentir le noyau sensible à l'intérieur, éprouver leur poids et leur fragilité. Car là était la source de cette virilité dont la puissance la faisait défaillir.

Bernard mordillait les mamelons de Lucie, allant de l'un à l'autre, tandis que de ses mains il lui flattait les flancs. Amaury, le mufle enfoui entre les cuisses de la jeune fille, s'activait de la langue à l'entrée du déduit. C'était comme un serpent de feu qui s'insinuait entre les pétales trempés de rosée, fouillait le cœur de la corolle sensible. Mais combien délicieux était ce feu! Sa victime souhaitait qu'il continuât toujours ainsi d'embraser ses organes, qu'il ne s'éteignît jamais.

– C'est bon... Mmmm, c'est bon, gémissait-elle d'une voix altérée. Continuez comme ça, je suis au paradis... Aïe! C'est merveilleux...

Alors, Bernard renversa Lucie, empoigna ses belles fesses et entreprit de la forcer. Elle poussa un cri de douleur, protesta, essaya de se dégager sans y parvenir. Bernard, qui la tenait ferme, continuait de progresser dans l'étroit conduit, l'investissant de toute sa longueur. Lorsqu'il l'eût empli, il demeura un instant immobile. Puis, s'efforçant à quelque délicatesse, il commença à remuer.

Lucie serrait les mâchoires. Des larmes coulaient sur ses joues.

Amaury, le pénis en bataille, lorgnait vers l'autre orifice. A son tour, il étreignit la jeune fille, et l'emplit de sa rigidité. Elle sentait à présent, à l'intérieur d'elle-même, les deux sexes qui s'enfonçaient l'un vers l'autre, refluaient, revenaient, comme une marée grisante. Celui de Bernard cessait de martyriser son anus. Avec étonnement, il irradiait même de cet endroit un certain plaisir qui, au fur et à mesure, se prononçait, s'ajoutant à celui que lui prodiguait généreusement Amaury.

Ses cuisses se raidissaient. Elle dodelinait de la tête, le regard chaviré. Des bouffées de chaleur montaient en elle. Le souffle rauque de ses deux partenaires composait une musique sensuelle, excitante. Elle l'entrecoupait de ses râles et de ses cris.

Comme s'ils venaient de se donner le mot, les deux hommes accélérèrent le rythme. Elle se sentit durement labourée, perforée comme jamais. Et ce fut l'explosion, le miracle de la chair portée, d'un seul élan, d'un seul éblouissement, à ses limites.

CHAPITRE XI

Amaury venait de prendre une douche froide. Il absorba un bol de thé, dévora à belles dents des toasts beurrés, enduits de marmelade d'orange. Il essayait de récupérer des fatigues nocturnes. Il allait au-devant d'une journée chargée au cours de laquelle il devrait faire bonne figure. L'orgie n'était sans doute pas la meilleure préparation pour conclure une affaire importante. Mais quand l'occasion se présentait, il n'y résistait pas. Comme l'humoriste, il professait que le seul moyen de supprimer la tentation, c'est d'y succomber.

Dans un peu moins de trois heures, il serait à Marseille, attablé dans quelque restaurant du port, face à un financier retors. Les jours se suivaient et ne se ressemblaient pas. Heureusement, il avait demandé à Monique de venir égayer ce rendez-vous d'affaires.

Il soupira, se leva, gagna sa chambre.

Lucie, allongée sur le ventre, les mains glissées sous l'oreiller, dormait encore. Le drap avait glissé et dénudait son joli dos jusqu'aux reins où se dessinaient deux petites fossettes.

Il la contempla un instant, s'étonnant que cette démone ait dans le sommeil un tel air angélique. Privilège de la jeunesse. Une peau nette et lisse est toujours proche du paradis. Sur elle, la souillure ne prend pas.

Quand elle se réveillerait, il serait déjà parti. La domestique était déjà là, et il lui avait donné les ordres nécessaires pour que Lucie ne manquât de rien. Elle pouvait rester autant qu'elle voudrait. Mais il lui gribouilla un billet pour lui signifier qu'il reviendrait très tard et qu'il serait beaucoup plus sage qu'elle réintégrât au plus vite le domicile paternel.

A ce propos, il se demandait comment réagiraient les parents de Lucie à la suite de cette algarade. De son propre aveu, elle découchait pour la première fois. Elle l'avait fait de façon abrupte, les mettant devant le fait accompli, daignant à peine leur téléphoner pour leur dire, sans autre explication, qu'elle ne rentrerait pas, qu'elle se trouvait en sécurité avec des amis, qu'ils n'avaient pas de souci à se faire, que maintenant elle était une grande fille responsable et qu'elle voulait vivre sa vie.

※

Vers 15 h, Bernard Chappuis prit sa voiture et, comme promis, alla chercher Lucie pour la conduire au terrain de camping *Les Cigalons*, où l'attendaient ses amis.

La jeune fille le guettait depuis la loggia et, lorsqu'elle le vit arriver, lui fit un signe amical de la main. Elle descendit presque aussitôt.

Elle était habillée comme la veille. A son âge, et en cette saison, on ne faisait pas de grands effets de toilette. Elle était gaie, détendue, parfaitement en forme, et sauta spontanément au cou de Bernard, lui collant un franc baiser sur la bouche. Ainsi prirent-ils la route de belle humeur.

Loquace, la jeune fille pépiait, disant n'importe quoi, pour le plaisir de parler. Son conducteur l'écoutait, ravi, n'interrompant que rarement ses propos d'une remarque qu'il essayait de teinter d'humour. Il n'en manquait pas. Et Lucie lui savait gré de la relancer ainsi d'une plaisanterie appropriée.

— Nous ne sommes pas pressés, dit Bernard. Il fait beau. Je conduis lentement.

— D'accord.

— Comme ça, je vous aurai un peu plus longemps avec moi.

Elle lui répondit d'un sourire, passa le bras autour de son cou.

Il détacha une main du volant et lui caressa la cuisse.

— Attention, fit-elle. Ne nous expédiez pas dans le décor. Je tiens à la vie.

— Moi aussi, répondit-il en riant. Surtout depuis quelque temps.

Ils longeaient le bord de mer. Des baigneurs, étendus sur le sable, s'exposaient au soleil. D'autres nageaient. Au loin, des voiliers dérivaient avec une nonchalante lenteur, indifférents aux vedettes qui les croisaient parfois dans une gerbe d'écume blanche.

— Cela vous donne envie de partir, observa Lucie.

— Vous aimez les voyages?

— Beaucoup. Mais, jusqu'à présent, je n'en ai guère eu l'occasion. A peine si je connais le bout de mon nez!

— C'est un fort beau paysage, mais il y a d'autres horizons.

— Vous, vous avez la chance de parcourir le monde. De rencontrer des gens extraordinaires. De voir des merveilles. De...

— ... ce n'était pas toujours très drôle. Je ne faisais pas du tourisme. J'ai dû subir bien des coups durs. Certaines fois, je me suis demandé comment j'allais m'en sortir, et même si je m'en sortirais.

Elle se serra contre lui.

— L'essentiel, c'est que tu sois là.

Ils roulèrent un instant en silence, savourant cette proximité. Chacun se perdait dans des pensées roses. S'ils avaient pu lire dans la tête de l'autre, celles-ci se fussent rencontrées à maints endroits.

Malgré les ébats de la veille — ou justement, peut-être, à cause d'eux — leurs corps n'étaient pas rassasiés. Lucie avait un tempérament de feu et la fougue de la jeunesse. Elle accomplissait ses premières armes en brûlant les étapes, merveilleusement douée pour les choses de l'amour. Tomber sur une fille de cette trempe constituait une sacrée chance, l'équivalent de gagner le gros lot.

A son contact, Bernard recouvrait une énergie nouvelle. Il voyait avec bonheur sourdre des forces intactes. Son cœur battait comme à vingt ans. Cela n'aurait sans doute qu'un temps, mais la jeunesse était contagieuse.

— Voulez-vous de la musique, demanda-t-il, prêt à tourner le bouton de la radio de bord.

— Non, on est bien comme ça.

Et elle agaça sa joue d'un petit bécot.

Dès qu'il rencontra un terre-plein suffisant, Bernard gara la voiture et arrêta le moteur.

— Vous me faites le coup de la panne? fit-elle d'un ton amusé.

— Vous êtes perspicace. Cette machine est formidablement intelligente. Elle comprend les désirs de son maître et prend des initiatives.

— On n'arrête pas le progrès.

— Et celui-ci, l'arrêterez-vous? fit-il en lançant le bras à l'assaut de sa taille.

Il la sentit vibrer. Cela suffisait comme réponse.

— Caresse-moi, murmura Lucie. Caresse-moi!

Bernard n'avait nul besoin de cette imploration pour s'activer. Mais cette appel de chatte énamourée lui fouetta le sang. Ses mains effleurèrent les globes sensibles de la gorge. A travers le mince tissu, il sentit avec bonheur les fraises s'ériger.

Puis il s'intéressa aux cuisses. Ses doigts

se firent plus légers pour glisser sur la peau soyeuse, s'introduire sous le short de jean, investir la toison humide et chaude.

Lucie creusait le ventre pour faciliter sa progression. Elle ronronnait de plaisir. Pour manifester celui-ci avec davantage d'ardeur, elle tendit la bouche. Bernard s'en empara aussitôt, darda à l'intérieur une langue vorace qui trouva d'emblée partenaire à sa mesure.

– Tu vas me rendre fou, dit Bernard, à bout de souffle. Je vais te violer sur place.

– Hé! Hé! Je voudrais bien voir ça, le taquina-t-elle avec une lueur de défi dans les yeux.

Elle imaginait autour d'eux une foule de spectateurs, assistant à la scène. Cela l'émoustillait. Et, en vérité, à ce moment-là, elle se sentait un peu chienne, plus femelle que femme. L'animal en elle reprenait ses droits, exigeait avec force. Elle voudrait le satisfaire.

Il appartenait à Bernard d'être sage pour deux, et de ne pas pousser trop loin la hardiesse. Le bord de mer n'était pas un désert en cette saison. N'importe qui pouvait les surprendre dans une posture scabreuse. Et tous les gens n'étaient pas encore aussi libérés qu'ils l'étaient eux-mêmes. Ils pourraient leur attirer des ennuis. Dans notre société, chacun était libre d'aimer à sa guise pourvu qu'il n'imposât pas à autrui le spectacle de sa passion dans ses manifestations les plus intimes. On était vite taxé d'outrage à la pudeur et ces messieurs de la loi s'occupaient de vos affaires avec leur coutumière délicatesse.

— Je crois, dit-il, que nous ne devrions pas tenter le diable.

— Pourquoi? Je l'aime bien, moi, le diable. Il fait faire des tas de trucs marrants.

— Oui. Mais il faut toujours se méfier des philistins.

A regret, il remit le moteur en marche. Le flot des voitures était plus dense. Bernard se tenait sagement sur la voie de droite, se laissant doubler par les énervés qui frétillaient de l'accélérateur.

Lucie prit alors une initiative, montrant qu'il ne fallait pas plus tenter la diablesse que le diable. Quand l'enfer prend un visage d'ange, c'est là qu'il est le plus redoutable. Comment un humble mortel, tout pétri de faiblesse, s'y reconnaîtrait-il?

Le désir de Bernard était encore manifeste. La bosse qui distendait le tissu en témoignait assez. Il y avait là-dessous une délectable friandise.

Lucie se passa la langue sur les lèvres. Gourmande. Elle avait un air vicieux qui lui allait fort bien. Mais le conducteur, tout occupé à regarder la route, ne le voyait pas.

Elle posa soudain la main sur sa cuisse, la fit glisser jusqu'à la braguette où elle flatta doucement la protubérance qui, à ce contact, se durcit plus encore.

Malgré les protestations hypocrites de son compagnon, ses doigts s'attaquèrent à la fermeture Eclair. Ils bataillèrent un court instant avant de parvenir à l'ouvrir.

Lucie glissa alors la main sous le slip et en extirpa la hampe frémissante. Elle l'emprisonna dans l'étui tiède de ses doigts. Elle percevait la fermeté du membre, les pulsations violentes du sang.

Elle commença à coulisser doucement le long de la tige, taquinant par moments le bourgeon satiné. Puis, elle accéléra.

— Arrête!... Arrête!... soufflait-il en vain. Je ne peux plus conduire. Tu vas nous faire avoir un accident.

Mais, tout à fait à son affaire, elle ne l'écoutait pas.

Il gara sa voiture sur le bas-côté de la route. Et tant pis pour les indiscrets! Si des automobilistes se rinçaient l'œil au passage, quitte à aboutir dans le décor, c'était leur affaire. La sienne, à cet instant, c'était de se livrer avec le maximum de commodité aux initiatives de sa passagère.

Celle-ci s'enivrait de sa ferme souplesse. Elle jouait à faire coulisser la peau, à tirer sur elle afin de mieux mettre en relief la grosseur du gland, ce mufle rose duquel il émanait une énergie redoutable. Dans sa main, le phallus gonflait, durcissait d'une façon extraordinaire. On eût dit qu'elle emprisonnait une tige de fer entre ses doigts.

La tumescence du bourgeon l'attirait surtout. Elle darda sa langue, passa dessus la pointe nerveuse, tournant autour d'une giration tantôt rapide, tantôt douce. Puis, elle pinça des lèvres la hampe, dans le sens de la longueur, remontant en frémissant vers le bourgeon prêt à éclater.

Caresse difficilement soutenable! Bernard crispait ses doigts sur le bras de Lucie et, tout à son plaisir, la remerciait en haletant.

– Finis-moi, implorait-il.

Mais la garce s'ingéniait à prolonger le délectable supplice. Depuis qu'elle connaissait le goût du phallus, elle raffolait de la fellation. La présence de cet objet dans sa cavité buccale l'excitait au point qu'elle pouvait jouir rien qu'en le suçant. C'était

justement ce qui venait de se produire.
 Le sexe congestionné de Bernard annonçait l'imminence de la déflagration. A l'instant où il allait éjaculer, elle le prit dans sa bouche pour éponger son plaisir.

CHAPITRE XII

Solange et ses deux copains ne moisissaient pas au terrain de camping. Ils passaient le plus clair de leur temps à se rôtir sur la plage, ou à barboter au milieu des vagues. Ils ne regagnaient *les Cigalons* qu'à l'heure de la sieste – car ils adoptaient volontiers cette pratique méridionale, surtout dans sa vertion dite « améliorée » –, ou tard le soir.

Avec la canicule de la journée, ils souffraient davantage de l'exiguïté de leur tente où ils avaient tout juste la place de s'allonger les uns contres les autres. Ils avaient trouvé comme solution de mettre Solange entre les deux garçons, et dormaient ainsi encastrés les uns dans les autres.

Evidemment, cette promiscuité multipliait les tentations. Il n'y avait pas d'heure pour le désir. Et le trio s'épuisait dans des joutes amoureuses sans fin renouvelées.

Jamais, durant sa courte vie, Solange n'avait été à ce point honorée. Elle ne s'en plaignait pas. Ses traits tirés trahissaient suffisamment son souci de participer. René et Georges commençaient cependant à la lasser. Elle en avait assez de les entendre refaire le monde entre deux fornications. Elle en avait assez de frotter ses joues tendres contre leurs barbes mal taillées. Elle aspirait maintenant à d'autres compagnonnages.

Heureusement, quand elle s'ennuyait auprès de ces deux sbires, il lui restait la possibilité de rejoindre Elga Fritzmayer, volontiers ouverte à sa présence.

Ensemble, elles bavardaient. Comme Elga avait beaucoup vécu déjà, et plus librement que Solange, celle-ci apprenait bien des choses à son contact. Elle trouvait dans les propos de la jeune allemande une justification à sa fugue. Elle ne regrettait pas d'avoir secoué le joug familial. Cela constituait un acte de courage dont elle était fière. Elle comprenait qu'après cette rupture, plus rien ne serait comme avant. Son destin avait pris un cours nouveau à partir de la minute où elle avait décidé de suivre les deux auto-stoppeurs dans leur périple à travers la France.

Comme elle aimait tout de même ses

parents, et qu'elle craignait que le mauvais sang ne les ronge, elle leur avait écrit une longue lettre dans laquelle elle s'éfforçait de leur expliquer sa conduite sans trop se faire d'illusions.

Néanmoins, à présent, ils sauraient à quoi s'en tenir. Elle était majeure et entendait profiter de cette majorité pour agir à sa guise. Ses vieux avaient vécu comme ils voulaient. C'était son tour. Elle ne laisserait personne entraver le cours de son destin.

Elga Fritzmayer la confirmait dans ces dispositions.

– Tu sais, disait-elle. il faut tout connaître. Beaucoup de gens ratent leur vie parce qu'ils sont trop timorés. Ils n'osent pas. Ils restent enfermés, à l'étroit dans un carcan de règles, de conventions, qui n'existent qu'à cause de leur stupidité. Il suffit d'une pichenette pour tout balancer. Et l'on se retrouve libre. Du coup, la terre vous a une autre allure.

– Avant d'agir, on n'imagine pas combien c'est facile.

– Sinon, on l'aurait fait plus tôt. Comme vous dites, en France, il n'y a que le premier pas qui coûte.

– Quand je pense à tous ceux qui restent encore les pieds joints, en faction sur les rails de la société.

— Des pantins. Ils ne remuent que lorsqu'on tire les ficelles.

Plus âgée que Solange, Elga était aussi allée beaucoup plus loin dans sa rupture. Elle allait, dépourvue de racines, totalement disponible, prête à plier bagage à tout moment, à suivre n'importe qui si cela lui plaisait, sans comptes à rendre à personne.

— Et tes parents? s'inquiétait Solange.

— Je ne les ai pas vus depuis deux ans. Ils habitent Hambourg. C'est loin.

— Ils ne te manquent pas?.

— Quelquefois, pour être franche. Mais si tu commences par entrer dans ces considérations, tu risques de te laisser fléchir et de retourner dans ton carcan. Il ne faut pas regarder en arrière.

— Je t'admire. Moi, je ne me sens pas le courage d'aller jusqu'au bout. Je veux juste faire un peu de chemin.

— C'est ça, brouter une touffe d'herbe dans le champ interdit.

— Je sais que ça ne durera pas au-delà de ces semaines de vacances.

— Alors, ma belle, savoure pendant qu'il est temps. Fais-toi de beaux souvenirs pour quand tu seras définitivement embourgeoisée.

Elga composait aussi des poèmes. Elle

écrivait spontanément, sans grande recherche, pour son propre plaisir. Dans les phrases, elle projetait quelque chose d'elle-même quand cela l'éblouissait intensément. Il lui arrivait de mettre ses vers en musique. Et Solange l'écoutait chanter de sa voix rauque et troublante, des textes qu'elle avait traduits en français :

> *J'ai l'âge des aubes mouillées*
> *Des gestes intérieurs*
> *Et des mains inutiles*
> *J'ai l'âge des exils*
> *Et du désir absent*

Quand les paroles lui plaisaient, elle demandait à Elga de les lui dicter, et elle les notait sur un petit carnet, s'efforçant de retenir la mélodie. Comme elle ignorait la musique, c'était plus difficile.

Elle avait évidemment parlé à Elga de son amie de pension, et toutes deux attendaient avec impatience la venue de Lucie.

Cependant quand celle-ci arriva aux *Cigalons*, on était au beau milieu de l'après-midi et elle ne trouva personne. Les campeurs se rafraîchissaient l'épiderme dans la grande bleue. Elle hésita, se demandant ce qu'il fallait faire. Moisir plusieurs heures sous les pins, désœuvrée, en un lieu où elle ne connaissait personne, ne l'enchantait guère.

Bernard avait garé la voiture et l'accompagnait à travers les allées numérotées, bordées de caravanes, de tentes de toutes les dimensions et de toutes les couleurs. Ils repérèrent assez facilement celle qu'occupaient Solange et ses deux compères. Mais elle était vide. Les gens auprès de qui ils se renseignèrent se montrèrent évasifs. Ils ne savaient rien. Ici, les vacanciers allaient et venaient. On ne savait jamais avec précision où ils se trouvaient. D'ailleurs on avait autre chose à faire qu'à surveiller les allées et venues des voisins.

Ce jugement ne manquait pas de bon sens. Il n'atténuait pourtant pas le désappointement de Lucie qui se faisait une joie de retrouver Solange après plusieurs semaines de séparation qui lui semblaient un siècle.

– Je peux rester encore, proposa aimablement Bernard. Je n'ai rien de prévu pour cet après-midi.

– Merci. Vous êtes chic.

Ils s'assirent au pied d'un pin. Les cigales chantaient dans les branches. La canicule pesait aux épaules. L'air sentait la résine.

Ils discutèrent à bâtons rompus, de tout et de rien pour tuer le temps. Bernard racontait des histoires, savait se montrer drôle sans vulgarité. Lucie appréciait son humour.

Puis il l'interrogea au sujet d'Amaury en lui demandant de ne voir dans ses questions ni jalousie, ni curiosité déplacée. Après tout ce qu'ils avaient fait ensemble, on n'en pouvait douter.

Elle ne se fit pas prier pour raconter comment elle l'avait rencontré, ce qu'il représentait pour elle, ce qu'elle en attendait. Cela correspondait assez à ce que Bernard pensait et permettait d'augurer d'une liaison plus longue dans laquelle l'esprit de partage apporterait les condiments nécessaires à la stimulation des appétits. Amaury avait l'amitié généreuse, Bernard aussi. Dans leur jeune âge, il était fréquemment arrivé qu'ils échangent leurs bonnes fortunes et qu'ils se repassent des tuyaux. Il était réconfortant de constater que la maturité n'entamait pas cet esprit. Bernard craignait comme la peste de s'embourgeoiser. Tant de ses relations s'étaient ainsi rangées, à la longue, qu'il savait gré à Amaury de n'avoir pas changé.

– Ils tardent, observa Lucie.

– Et il fait de plus en plus chaud. L'ombre est chère à cette heure.

– On n'est jamais content. L'hiver, on

veut du soleil. L'été, on se plaint de la canicule.

— Peut-être serions-nous mieux sous la tente, suggéra Bernard, non sans une arrière-pensée.

— C'est une idée.

— A condition qu'elle soit ouverte.

— Bof! C'est très facile d'ouvrir une tente. N'avez-vous jamais campé? Un vieux routier comme vous!

— Si, bien entendu.

— Allons voir.

— Vos amis vont peut-être arriver...

— Cela vous gêne?

Il ne répondit pas, se dirigea vers la tente, s'agenouilla, et entreprit de l'ouvrir.

A l'intérieur, il régnait un désordre indescriptible. Ils poussèrent des sacs, des objets, pour s'installer le plus confortablement possible.

Ils s'allongèrent enfin côte à côte, bien disposés à passer le temps de façon agréable.

Bernard commença à déshabiller Lucie.

— Tu es très belle, dit-il.

La vue de sa nudité éveillait en lui une profonde sensualité. Il déposa un baiser ardent sur la magnifique toison qui ornait son pubis. Puis il commença à caresser les beaux seins avec douceur. Ses lèvres s'emparèrent avec avidité des pointes érigées pour une savante succion.

La respiration de la jeune fille se précipitait. Il entendait son souffle rauque, en sentait la chaleur sur sa nuque. Ouverte, les jambes écartées, elle s'offrait impudiquement à toutes les initiatives.

La main de Bernard volait autour des hanches, accédait aux grandes lèvres qu'agitait un léger frémissement. L'index se faufila entre ces parois de chair ruisselantes de rosée. Il alla à la rencontre du bouton de la volupté qu'il se mit à masser doucement. Tandis qu'il le sentait se gonfler sous la caresse, la main de Lucie ne restait pas inactive. Placée au bas du ventre de l'homme, elle se crispait sur sa robuste virilité.

Les choses étant ainsi engagées, ils perdirent la notion du temps.

※
※※

Quand Solange et sa bande rentrèrent de la plage, le soleil descendait à l'ouest, derrière les pinèdes. Sa lumière oblique teintait de miel roux les tuiles romaines des villas. Une fraîche brise parcourait les allées embaumées.

De loin, elle reconnut son amie et s'élança joyeusement vers elle. Les deux filles se sautèrent au cou et s'embrassèrent

— La liberté te va bien, dit Lucie. Tu es splendide.

— Je te retourne le compliment.

Elles firent les présentations. Evidemment, Solange, mal informée, confondit Bernard avec Amaury, et Lucie dut la détromper.

— Je t'expliquerai plus tard. C'est toute une histoire.

— J'en ai aussi pas mal à te raconter.

— Bon, dit Bernard, maintenant que vous vous êtes retrouvées, je peux repartir. Je n'ai plus rien à faire ici.

Elles se récrièrent. Et il accepta de les accompagner à la buvette du camping où l'on servait des boissons fraîches.

Ce n'était pas très confortable, malgré l'auvent de cannisses : des tables bancales, de simples bancs, un service plus que décontracté.

Bernard se sentait un peu perdu. Il regardait cependant avec un vif intérêt la plastique de Solange et celle d'Elga. Chacune avait son genre. Mais elles soutenaient la comparaison avec Lucie. Toute cette chair fraîche, exposée à sa convoitise, accessible sans doute, lui tournait la tête comme un vin capiteux.

CHAPITRE XIII

Amaury se félicitait d'avoir invité Monique à Marseille. Elle se révélait auxiliaire adroite. Intelligente, non dénuée de culture, elle manifestait de l'intuition et savait rester néanmoins à sa place. Si l'on prenait en compte sa beauté et son tempérament, cela faisait beaucoup de qualités chez une seule personne. Amaury s'en avisait sans déplaisir.

Ils avaient déjeuné près de la plage des Catalans, au début de la promenade de la Corniche, dans un restaurant spécialisé dans le poisson. La vue était superbe, la chère délicate. Les vins, mis à la glace, se laissaient boire. Le financier ne s'était pas trop fait tirer l'oreille. Il avait accepté une forte participation. L'affaire proposée était d'ailleurs très saine et rentable. Amaury ne s'engageait pas sur des projets douteux. Il se fondait sur sa réputation. D'ici quelques mois s'ouvrirait donc, dans la banlieue est de Nice, un gigantesque chantier. Il avait vu grand mais ça valait la peine.

Marseille ne lui plaisait guère. Il trouvait la ville sale, vulgaire, encombrée d'étrangers au-delà du supportable. De célèbres artères, comme le cours Belsunce ou la Canebière ressemblaient à des cloaques. Il n'éprouvait même plus de plaisir à se promener sur le Vieux Port. Le pittoresque bon enfant d'autrefois avait disparu. Ce qui le remplaçait dégoûtait. Certes, il subsistait encore quelques coins agréables, où il faisait bon vivre, mais il fallait les chercher, et l'on se demandait combien de temps encore ils résisteraient.

Pourtant Amaury décida de prolonger son séjour dans la cité phocéenne jusqu'au lendemain. Il désirait profiter de la présence de Monique, trop heureuse d'être dégagée pour un temps des servitudes de *La Soleillade*, et de tenir compagnie au patron.

L'après-midi, ils décidèrent d'aller se baigner à Cassis.

Monique avait retiré son soutien-gorge. Elle exibait des rotondités qui soutenaient la comparaison avec toutes celles que l'on voyait exposées çà et là.

Amaury, en la regardant, songeait à leurs

ébats. Il avait posé la bouche sur ces fruits magnifiques. Il en connaissait la saveur chaude. Il savait comment ils réagissaient à la caresse, comment ils tenaient sous la paume.

Ce faisant, il sentait un début d'érection qu'il ne cherchait pas à dissimuler. Les nymphes, allongées à proximité, pouvaient aussi bien profiter de l'aubaine. La douceur ensoleillée de tant de chairs offertes l'enivrait. Il aurait voulu être le dieu Pan, ou Phébus lui-même pour clouer au sol, dans une jouissance mortelle, toutes ces proies.

De temps en temps, ils se levaient, marchaient sur les galets brûlants. Le soleil de fin d'après-midi étirait des ombres plus accusées, violettes, bistres. Ils savouraient, main dans la main, la douceur de vivre, tandis qu'ils avançaient dans les flots limpides.

Dans les yeux de Monique dansaient les lumineuses paillettes du bonheur. Amaury en fut ému.

Monique apportait bien plus que Lucie. Des idées d'avenir trottaient dans sa tête pendant qu'il somnolait sur son matelas, effleurant la jeune femme d'une main paresseuse. Avec elle, il gagnait sur tous les tableaux, puisqu'il jouissait d'une maî-

tresse compétente, dévouée à son service.
Lucie était un cadeau offert par le hasard, une fantaisie merveilleuse mais dont le goût lui passerait bientôt. Le fruit vert lui agaçait les dents, et le reste, mais rien ne remplaçait la plénitude d'une riche maturité abritant sous une enveloppe toujours séduisante les fougues toujours intactes de la jeunesse.

— Monique, dit-il, cela vous ennuierait-il de quitter *La Soleillade*?

Un éclair d'inquiétude traversa le regard de la jeune femme.

— Vous ne voulez plus de moi? dit-elle, sans comprendre.

— Au contraire. Je vous veux plus que jamais.

— Ce n'est pas très clair.

Il s'approcha d'elle, posa sa bouche sur la sienne.

— Cela l'est-il davantage?

Elle agita affirmativement la tête en fermant les yeux. Un sourire se dessinait sur ses belles lèvres charnues et ses dents, d'une étonnante blancheur, brillaient.

Ils restèrent longtemps étendus sur la plage de *La Jetée*. Une teinte rouge enveloppait le soleil qui, peu à peu s'enfonçait dans la mer, laissant un sillage d'or et de sang. Bientôt, il disparaîtrait tout à fait. Les eaux assombriraient leur bleu, deviendraient grises sous le ciel moins net, puis se livreraient à la nuit.

Ils occupaient une chambre au cinquième étage d'un hôtel récent. Elle était étroite, sommairement meublée, mais propre et fonctionnelle. Par la fenêtre, la vue embrassait la ville tout illuminée. C'était une symphonie de lueurs écloses sur des masses indistinctes. Un jardin éclatant sur des monstres enfouis dans la profondeur des ténèbres. Deux mondes se superposaient. Et l'on ne savait plus très bien lequel était artificiel.

La climatisation fonctionnait. Il faisait bon. Amaury avait commandé une bouteille de *Dom Pérignon*. Ils s'étaient déshabillés et déambulaient nus à travers la pièce en buvant le champagne.

D'un faux mouvement, Monique en renversa sur elle.

– Laisse, fit Amaury. Je vais m'en occuper.

Il vint essuyer de la langue le vin mousseux dont les bulles achevaient de briller sur la peau luisante, bronzée.

Sous la caresse de la langue, Monique frémit. Elle étreignit Amaury, chercha fougueusement sa bouche. Leurs langues se lovèrent en un baiser sauvage. Elles combattirent amoureusement jusqu'à ce que, à bout de souffle, ils se séparent pour reprendre haleine.

— J'aime quand tu m'embrasses, dit Monique. Je suis électrisée

— Recommençons, répondit-il.

Et ils s'abîmèrent sur le lit, dans une nouvelle étreinte, chacun donnant le meilleur de lui-même. C'était une sorte de combat à la fois tendre et farouche dans lequel les adversaires, tour à tour, avaient le dessus. La victoire appartiendrait à tous deux. Ils en partageraient l'explosion finale, perdus dans le même éblouissement, détachés de ce monde.

Amaury empoigna d'un geste brutal la vulve de Monique. Il s'appliqua à la toison, força l'entrée.

— Tu me fais mal, prostesta-t-elle.

— Ce soir, j'ai envie de me conduire en soudard.

— Pitié!

— Non, pas de quartier. Tu subiras tous les outrages.

Elle saisit sa verge et menaça :

— Si tu continues, je te l'arrache.

— Tu serais la première à en pâtir.

Ils rirent ensemble.

— J'ai quelque chose de mieux à te proposer, dit Monique.

– Quoi donc?
– Laisse-moi faire.

Elle se leva, ouvrit l'armoire, fouilla dans sa mallette.

Quand elle revint, elle brandissait un vibro-masseur de belles dimensions, imitant à s'y méprendre un phallus.

– A qui as-tu arraché celui-ci? plaisanta Amaury. Je ne te suffis plus? Je me sens vexé.

– Il n'y a pas de quoi. Mais deux auxiliaires valent mieux qu'un. Cette petite merveille de la technique fonctionne sur pile. C'est très efficace.

– Tu t'en sers souvent?
– Quelquefois. Nécessité fait loi.
– Fais-moi voir, demanda-t-il.

Elle s'assit sur une chaise, en face de lui, écarta les jambes, et approcha l'engin de sa chatte. L'appareil ronronnait dans ses doigts. Elle commença par en masser les abords. Puis, le manipulant avec une grande maîtrise due à l'habitude, elle l'introduisit à l'intérieur de son sexe. Les yeux révulsés, la bouche grande ouverte, elle le laissa là, vibrant à l'intérieur du conduit, lançant en elle des ondes qui n'en finissaient plus.

Il eût fallu être de bois pour rester insensible à un tel spectacle. Or Amaury était pétri de bonne chair. Sa membrure, dressée de toute sa taille, superbe, témoignait de ses exigences.

– Viens, dit-il.

Monique le rejoignit sur le lit.

Il lui prit l'appareil des mains. Ensuite, il se plaça tête-bêche. La jeune femme comprit aussitôt où il voulait en venir. Inutile de lui faire un dessin. Elle arrondit les lèvres et, goulûment, engloutit la verge roide d'Amaury. Celui-ci, à l'autre extrémité, travaillait, avec l'adresse d'un bon ouvrier, la vulve ruisselante de la jeune femme à l'aide du sexe mécanique. Il sentait ses cuisses se raidir. Et, parfois, quand la sensation était trop intense, Monique, perdant le contrôle d'elle-même, s'arrêtait de le sucer pour crier son plaisir, ou bien s'oubliait jusqu'à lui mordre la queue.

Amaury observait chez Monique la source de la jouissance. Il en écartait les lèvres, en massait le bouton, forait au plus profond du gouffre écarlate. Vision combien émouvante! Il ne pouvait la supporter plus longtemps.

Monique sentit sous ses lèvres les vibrations préludant à l'orgasme. Presque aussitôt, Amaury dégorgea spasmodiquement sa sève bienfaisante.

CHAPITRE XIV

Quand Bernard entra dans le restaurant, Amaury n'était pas encore arrivé. Le maître d'hôtel le conduisit à la table où il s'installa après avoir commandé un apéritif.

A midi passé, la salle était encore à moitié vide. Les gens déjeunaient de plus en plus tard. Ils absorbaient des calories sur les plages.

A droite, un vieux couple entamait les hors-d'œuvre, des plats de crudités pour estomacs au régime. Plus loin, cinq hommes discutaient tout en portant machinalement à leurs bouches d'énormes morceaux de viande. Là, on parlait vraisemblablement de gros sous.

Pour passer le temps, Bernard essaya de deviner l'origine des gens, leur condition, à partir de leurs costumes et de leurs manières. Il abandonna vite cette occupation futile pour concentrer son attention sur la gauche où une jeune femme blonde, accompagnée d'une mignonne fillette, consultait le menu.

Il dédia un sourire à la fillette qui lui répondit d'une aimable grimace. La mère se retourna. Un court instant leurs regards se croisèrent. Bernard accentua son sourire. Il nota la vivacité des yeux noisette. Mais la jeune femme se replongea ostensiblement dans la lecture de la carte.

« Une épouse en vacances sur la Côte avec sa progéniture, pendant que le mari travaille », estima-t-il.

Ce gibier-là n'opposait pas grande résistance à l'amateur. La solitude, l'ennui, la contagion de la licence partout visible, entamaient ses défenses. L'enfant, en toute innocence, servait naturellement d'appât. Bernard totalisait un nombre estimable de ces conquêtes à son tableau de chasse. Cependant, aujourd'hui, il n'éprouvait pas le désir de draguer.

– Tu poireautes depuis longtemps? demanda quelqu'un derrière lui.

– Amaury. Je ne t'ai pas vu venir.

– J'ai une faim d'ogre.

Bernard commanda une terrine de légumes, des rougets, une salade niçoise. Amaury opta pour un repas plus gastronomique : timbale de crevettes, filet de sole au champagne, tournedos rossini.

— Tu pourras avaler tout ça? s'inquiéta son commensal.

— Ça ne fera pas un pli. J'ai besoin de récupérer. J'ai eu une rude journée.

— Comme la veille, et l'avant-veille.

Ils parlèrent des affaires d'Amaury. Non seulement le financier rencontré à Marseille participait pour une large part dans le chantier niçois, mais il s'intéressait aussi à un projet de remodelage d'un quartier d'Avignon.

— Avec la nouvelle politique de protection et de mise en valeur du patrimoine, c'est une carte qu'il faut jouer.

On apporta les poissons. Ils les dégustèrent en silence. Tous deux se flattaient d'être fines gueules et bonnes dalles. Ils honoraient d'un même cœur le temple de Bacchus et celui d'Eros, gourmets des plats comme des femmes. Le marquis de Sade ne faisait-il pas dire à son héros Noirceuil : « *L'abondance des mets prépare bien à l'amour physique* »? Ils reconnaissaient au bien manger et au bien boire des vertus aphrodisiaques non négligeables.

Ils en vinrent à parler de Lucie, Solange, Elga et les autres.

— Ces jeunes personnes n'ont froid ni

aux yeux ni aux fesses, dit Bernard. Nous pourrions peut-être arranger un divertissement en commun... une petite partie...

– Excellente idée.

Ils se virent au milieu de ces créatures dociles, soumises à tous leurs caprices.

– Tu crois qu'elles accepteront? dit Bernard.

– Avec l'aide de Lucie, j'en fait mon affaire.

※
※※

La villa de Bernard Chappuis était l'une de ces constructions de style rococo fort apprécié à une certaine époque, et qui avait paru bien adaptées au site rocailleux de la Côte d'Azur. Elle appartenait à la famille depuis presque cent ans. Des générations de Chappuis étaient venues y savourer le bonheur méditerranéen. On lui avait conservé son nom d'origine : « *Cactées Roc* »

Contrairement à beaucoup de constructions semblables qui avaient été détruites ou qui menaçaient ruine, celle-ci, parfaitement entretenue, conservait fière allure, surtout auprès des villas modernes, dépourvues de caractère. Elle évoquait quelque vieil aristocrate soigné, égaré parmi une foule de nouveaux riches tapageurs. Bernard lui portait beaucoup d'affection. Pas seulement pour les souvenirs qui lui étaient attachés, et parce que c'était en quelque sorte le berceau – ou le bastion – de la famille, mais parce qu'il s'y plaisait, qu'il aimait le cadre, l'agencement des pièces, l'ameublement, qu'après toute une vie d'aventure, il s'y sentait vraiment chez lui, arrivé au port.

Bien sûr, au cours des ans, on avait apporté des améliorations, effectué des travaux de réfection. Les Chappuis avaient de gros moyens et ne lésinaient pas lorsqu'il s'agissait de « *Cactées Roc* ». Par exemple, on avait redessiné le jardin et creusé une piscine.

Pour l'instant, Bernard occupait seul l'immense bâtisse. Une simple femme de ménage, qui l'avait d'ailleurs connu tout petit, étant au service de ses parents depuis des lustres, venait le matin s'occuper de la maison et préparer son déjeuner. Il réservait, en général, ses soirées pour les restaurants, ou dînait frugalement, à l'anglaise.

Quelquefois, quand Sigrid était là, elle préparait elle-même une collation. Mais, à vrai dire, dans ces circonstances, Bernard préférait encore mettre la main à la pâte car la jeune scandinave, à l'instar de ses semblables, n'était pas très douée pour les casseroles. Devant les fourneaux, ce n'était pas une affaire, mais elle se rattrapait au lit. Là, ses performances amoureuses compensaient largement ses faillites culinaires.

Sigrid avait téléphoné le matin. Elle visitait Venise. Bernard l'avait mise en garde contre le charme des gondoliers, et tous les Casanova en herbe croisés sur la lagune. Elle l'avait remercié de ses conseils par un retentissant éclat de rire. Elle ne rentrerait pas à Cannes avant une dizaine de jours. Elle suivrait ses amis, décidés à pousser une pointe en Yougoslavie.

Bernard considéra avec satisfaction les toasts, les bouteilles, l'agencement des coussins, tous les détails qui assurent le succès d'une partie. Il avait bien fait les choses, n'avait lésiné sur rien, et espérait bien cueillir le fruit de ses efforts.

CHAPITRE XV

Les invités arrivèrent en même temps. Ils s'étaient apprêtés chez Amaury qui les avait ensuite amenés.

Une musique d'ambiance les accueillit. Le jardin était judicieusement éclairé. Des spots ménageaient des zones d'ombre où il ferait bon s'isoler entre des massifs de fleurs, des jaillissements de verdure dont les couleurs chantaient sous la lumière.

– C'est beau, s'exclama Lucie.

Elle portait une simple tunique blanche, largement échancrée, maintenue à la taille par une chaînette de métal doré.

Solange se pavanait dans un mini-short qui mettait en valeur ses longues jambes bronzées.

Quant à Elga, elle se contentait de son *jean* et d'un débardeur sous lequel ses seins, déjà volumineux, jouaient en liberté.

Bernard apprécia le trio de nymphettes avec une gourmandise de loup avide de chair fraîche. Elles ne se ressemblaient pas. Mais chacune était belle, attirante. Il y avait dans ce capiteux bouquet la variété souhaitable.

— Quel paradis! fit Elga.
— Un paradis que nous transformerons bientôt en Sodome, observa Bernard.

Et il pensa qu'il voulait bien être changé en statue de sel à condition que la jeune allemande fût condamnée à le lècher jusqu'à la fin des temps.

Mais l'heure de telles délices n'avait point encore sonné. Il entraîna ses invités vers les rafraîchissements. Il avait préparé de savants mélanges, à base d'alcool et de jus de fruits, dans lesquels de secrètes substances servaient de détonateurs. Quand cela descendait dans le corps, il s'ensuivait un déploiement de vitalité, une excitation qui exigeait son tribut. Tout en ayant confiance en la nature, Bernard pensait qu'on en tirait davantage en l'aidant.

Chacun se servit. Il régnait encore une chaleur pénible, sans un souffle d'air. On cherchait l'ombre sous les auvents ou les feuillages. Heureusement, Bernard avait pris la précaution d'arroser, et une bonne odeur de terre humide et chaude montait des graviers de l'allée.

– Ces mixtures sont excellentes, apprécia Solange. Qu'est-ce que vous y mettez?

– Chut! Secret professionnel, répondit Bernard. C'est le chaudron du diable. On n'en divulgue pas la recette.

– Même à une sorcière, minauda Lucie.

– Pas avant qu'elle ait fait ses preuves.

– Nous ne demandons que ça! s'écrièrent-elles en chœur.

Leurs yeux de jeunes louves étincelaient. Leurs lèvres gourmandes se retroussaient sur leurs dents blanches.

Elga promenait à travers le jardin sa grâce de sportive saine. Les mèches de sa chevelure blonde ruisselaient sur ses épaules rondes en cascades vivantes. Elle aimait les fleurs, se baissait pour les respirer. Leurs senteurs fortes, capiteuses, avivaient en elle des souvenirs champêtres qui n'avaient rien d'innocents. Avait-elle assez fait les quatre cents coups dans les collines boisées de sa terre natale! Rien que d'y songer, ses reins s'embrasaient.

Amaury venait à elle :

– Vous faites bande à part?

En l'occurrence, l'expression était à double sens mais Elga ne comprenait pas toutes les subtilités de la langue de Racine.

Elle répondit quelque chose en allemand. Sa voix était basse, légèrement voilée, une voix de chatte sensuelle qui ne trompait pas. L'homme y captait d'emblée d'ensorceleuses promesses.

Rien qu'à détailler l'étrangère, Amaury sentait sa tige se nouer. Pour un peu, il l'aurait basculée là, dans les massifs, et prise avec la brutalité d'un forcené. Cependant, il se retint. Il fallait laisser les choses s'organiser entre eux de telle sorte que le groupe entier participe à la bacchanale.

Il se contenta donc pour l'instant d'accompagner Elga dans sa promenade, de ravir ses yeux en contemplant cette fleur splendide que les orages de la passion bousculeraient tout à l'heure.

La nuit était maintenant tombée mais la chaleur persistait. Les aphrodisiaques produisaient leur effet. Et la réunion, jusque-là anodine, ne pouvait demeurer aussi sage. Seulement, Amaury et son hôte ne voulaient pas brusquer les choses. Ces instants de détente tranquille ne manquaient pas d'intérêt.

La piscine découpait sous les spots lumineux une aire de tentation.

– Que diriez-vous d'un bain, les amis? fit Lucie à la cantonade. J'ai une envie folle de me tremper.

Et, sans attendre de réponse, elle joignit le geste à la parole en commençant de retirer ses vêtements. Opération des plus brèves étant donné ce qui la couvrait.

Les autres applaudirent à sa proposition et l'imitèrent aussitôt.

L'eau était d'une agréable fraîcheur, comparée à la température ambiante. Elle glissait sur la peau comme une soie délicate. Le ciel, d'un bleu profond, se reflétait dedans, et l'on nageait parmi les étoiles scintillantes.

Amaury crawlait dans un style irréprochable, à la fois vigoureux et souple. Il avait autrefois remporté les championnats à l'Université et, depuis, soucieux de sa forme physique, il n'avait jamais cessé de s'entretenir.

— Tu vas nous donner des complexes, protesta Bernard.

— Jamais je n'oserai barboter auprès de ce Tarzan, déclara Elga. Je pratique beaucoup de sports, mais je nage comme une savate.

Elle n'eut pas le loisir de développer d'autres arguments. Dans un éclat de rire, Bernard, par jeu, venait de l'envoyer au bain.

Elle émergea, la bouche ouverte, les cheveux collés devant les yeux, suffocante, lamentable.

Le temps de reprendre sa respiration, elle dédiait au mauvais plaisant un chapelet d'injures dans sa langue gutturale, exprimant qu'elle aurait bientôt sa revanche. Le rire complice des autres la désarma. Elle comprit le ridicule de la situation et n'insista pas. Elle ferait contre mauvaise fortune bon cœur. L'atmosphère était à la bonne humeur. Elle ne la gâcherait pas pour une peccadille. Elle se débrouillait tout de même avec une brasse un peu incohérente mais suffisante pour la maintenir à la surface.

Amaury, compatissant, se pencha vers elle.

– Je vous apprendrai à nager correctement, dit-il. Laissez-moi seulement vous prendre en main.

Solange, l'air vicelard, souligna combien l'expression était hardie et que, s'il s'agissait d'être « prise en main », elle posait sa candidature.

On ne négligeait pas une invitation aussi directe. Bernard n'y résista pas. Il lança les bras vers la taille souple de l'effrontée et l'emprisonna.

– Ça va-t-il comme ça? demanda-t-il.

Elle fit la moue :

— Pour un début...
— Je l'entends bien ainsi.

Une seconde, ils se mesurèrent du regard, dans un affrontement plein de promesse. Les yeux de la jeune fille brillaient de défi. Il sentait contre lui son corps souple et nerveux. Elle était irrésistible. Bernard ne songea pas à lui résister.

Il l'attira, l'enlaça avec force, chercha ses lèvres pulpeuses, s'en empara avec jubilation. Leurs langues se heurtèrent. Celle de Solange était souple et nerveuse à l'image de son corps, elle allait, venait, capricieuse et agile comme un serpent lubrique. Sa salive avait une saveur sucrée.

D'un commun accord, ils prolongèrent ce baiser, premier d'une longue série. Ils n'en finiraient pas de ponctuer la nuit de leurs embrassades. Une nuit de velours, un somptueux écrin pour les passions.

Puis, Bernard empoigna les seins de Solange et entreprit de les malaxer avec zèle. Elle secoua la tête et gémit son contentement. Elle sentait contre son ventre la raideur affolante du mât pointé vers elle. Elle cherchait avidement le contact, oscillait afin de faire rouler le cylindre contre sa peau.

Alors, il la retourna sur le gazon, l'obligea à plier les genoux, et sa verge plongea au sein de son chaleureux coquillage. Il la tenait fermement aux épaules pour mieux s'enfoncer en elle.

Solange émettait des râles rauques et sensuels cependant qu'il la besognait, s'abattait sur elle de toutes ses forces, lui arrachant des cris de reconnaissance.

Pendant ce temps, assise sur le rebord de la piscine, Lucie observait les ébats du couple, tout en battant des pieds dans l'eau. C'était bien son tour de jouer les voyeurs. La jouissance de son amie d'enfance offrait un spectacle excitant duquel elle ne pouvait détacher les yeux. Elle voyait le gros sexe qui s'activait sur elle. Et les gémissements de Solange lui parvenaient, ébranlant sa sensibilité.

Sa propre vulve s'ouvrait spasmodiquement et une abondante liqueur l'imprégnait. Elle y porta un doigt sauveur, en attendant mieux.

Amaury sortit de l'eau près d'elle, s'ébroua comme un chien. Ses cheveux collés lui faisaient une sorte de casque. Le manège de Lucie ne lui échappa point. La petite garce était fin prête. Si on la laissait dans cet état, elle se comblerait le minou d'un manche à balai.

Elga ne tarda pas à les rejoindre.

– Ce que nous faisons vieux jeu avec nos maillots! s'exclama-t-elle. Moi, je respecte les traditions. Le bain de minuit, ça se prend à poil.

Sans autre forme de procès, elle se délesta des chiffons inutiles.

Amaury constata avec satisfaction qu'il s'agissait d'une vraie blonde : son pubis bombé était recouvert d'une abondante toison claire. Ses seins lourds, volumineux, montraient de larges aréoles qui se détachaient sur la peau laiteuse. Les hanches accusaient la plénitude du bassin – un bassin bien conçu pour accueillir le navigateur. A peine si l'on distinguait la trace du slip et celle du soutien-gorge. Comme beaucoup de femmes de sa race, Elga ne brunissait pas. Ou, quand le soleil prenait sur ces peaux-là, c'était la catastrophe.

Amaury et Lucie ne tardèrent pas à imiter Elga. Quelques minutes plus tard, tout le monde évoluait dans le simple appareil. L'homme se plaça entre les deux jeunes filles tandis que Bernard s'acharnait toujours sur Solange qui clamait son plaisir sans discontinuer.

Un inconnu, survenant une demi-heure plus tard, eût surpris, dans le jardin de « *Cactées Roc* », transformé en jardin des délices, d'effarantes scènes de débauche. Dans leurs tombes, les ancêtres Chappuis devaient en être tout remués. A moins que, de leur vivant, ils ne se soient eux-mêmes livrés à une semblable licence. Ce qui, vu la généreuse nature de leur descendant, et sa totale amoralité, était fort probable.

Lucie, les cuisses ouvertes, s'administrait avec application, des jouissances inédites à l'aide d'un vibro-masseur prêté par le maître de céans. Il appartenait à Sigrid. Mais, par chance, celle-ci l'avait oublié dans un tiroir de la coiffeuse. Lucie utilisait pour la première fois un auxiliaire mécanique. Elle découvrait avec ravissement tout ce que l'on pouvait tirer de ce petit appareil.

Elle ne se lassait pas de se frictionner les seins avec, de le diriger le long de son buste frémissant. Elle l'imobilisait à l'entrée du petit œillet interdit, la forçait doucement. Puis, le retirant, elle l'introduisait avec jubilation au fond de son vagin, l'y laissait longtemps, longtemps, les yeux fermés, la gorge séche. Elle savourait chaque vibration électrique à l'intérieur d'elle-même. Et il lui semblait qu'à ce régime elle entrerait bientôt en trances jusqu'à perdre connaissance.

Pendant qu'elle se livrait aux plaisirs

solitaires, ses compagnons travaillaient en couples, avec possibilité de changements et de combinaisons variés. Car il vient un moment où il faut changer les ingrédients pour relancer les appétits.

Bernard, mis à rude épreuve par ses assauts réitérés, se tenait allongé sur le dos. Solange, assise à califourchon sur lui, essayait de ranimer sa vigueur défaillante. Elle le suçait avec habileté, passant la langue sur le gland, la faisant virevolter tout autour, pinçant les lèvres sur le membre encore flasque, resserrant les dents. Ah! la diablesse ne lésinait pas sur les moyens! Elle avait bien trop envie de voir de nouveau s'ériger la superbe hampe qui lui avait déjà prodigué tant d'orgasmes.

Un peu plus loin, sur l'herbe tendre, Amaury jouait au missionnaire sur le corps écartelé d'Elga qui bredouillait des paroles incompréhensibles, d'une voix de chatte énamourée. A considérer le train qu'il lui menait, la conviction avec laquelle il agissait, les réactions qu'il suscitait, il n'était pas douteux qu'il était en passe de convertir sa catéchumène au pouvoir miraculeux de son goupillon.

Au-dessus de ce lupanar, la lune se rinçait l'œil. Elle en paraissait toute congestionnée. Sur cette Côte d'Azur, exposée à tant d'ardeurs diverses, elle voyait depuis longtemps toutes sortes de choses. Mais, ce soir, elle semblait accorder sa prédilection à nos héros et veiller sur leurs performances.

EPILOGUE

Amaury tenait dans ses doigts la carte postale signée de Solange et Lucie. Au-dessous de quelques formules anodines, elles lui envoyaient des baisers.

Il soupira. Les choses ne pouvaient pas durer. Peu après la folle nuit passée chez Bernard, les parents de Solange étaient arrivés à Cannes. Ils s'étaient rendus au terrain de camping où ils avaient eu un entretien orageux avec leur fille. Force était cependant resté à la raison – à la loi de familles. Solange arrêterait là sa fugue et rentrerait avec eux en Normandie.

Elle avait mis cependant une condition importante à sa reddition : son amie Lucie l'accompagnerait et resterait avec elle jusqu'au terme des vacances. C'était de bonne guerre. Les parents avaient accepté. Quant à Lucie, elle ne pouvait pas refuser ce service à son amie. Au surplus, elle pensait que la Normandie n'était pas une contrée de sauvages, et qu'en s'y prenant bien elles pourraient y faire la bringue à la barbe des parents de Solange.

Rien ne la liait vraiment à Amaury. L'un et l'autre savaient que leur liaison était provisoire. Et, d'ailleurs, ils se retrouveraient quand ils le voudraient, à Cannes, à Paris, ou sous d'autres latitudes.

Amaury soupira, posa la carte postale sur son bureau.

Il se rendit sur la loggia où Monique, étendue à même la mosaïque tiède, prenait le soleil.

Il se baissa pour effleurer ses lèvres. Elle lui mit aussitôt les bras autour du cou et l'embrassa avec passion. Il sentit derechef la flamme familière s'élever dans ses reins.

Décidément, il ferait quelque chose de bien en acceptant dans sa vie une femme qui lui convenait à merveille...

... sous tous rapports.

IMPRIMÉ EN FRANCE PAR BRODARD ET TAUPIN
7, bd Romain-Rolland - Montrouge.
Usine de La Flèche, le 20-03-1981.
6949-5 - Dépôt légal 2465, 1er trimestre 1981.
57 - 85 - 2632 - 01
ISBN : 2 - 86564 - 010 - 8

60,000
51284

57.2632.8